JIANGANLING
SHIGAO

箭杆岭诗稿

◎ 董惠琴 著

中国书籍出版社
China Book Press

图书在版编目（CIP）数据

箭杆岭诗稿 / 董惠琴著. -- 北京：中国书籍出版社，2023.9

（黄河诗阵丛书）

ISBN 978-7-5068-9594-1

Ⅰ.①箭… Ⅱ.①董… Ⅲ.①诗集－中国－当代 Ⅳ.①I227

中国国家版本馆 CIP 数据核字（2023）第 179973 号

箭杆岭诗稿

董惠琴 著

责任编辑	王志刚
责任印制	孙马飞 马 芝
封面设计	张 冰
出版发行	中国书籍出版社
地　　址	北京市丰台区三路居路 97 号（邮编：100073）
电　　话	（010）52257143（总编室）　（010）52257140（发行部）
电子邮箱	eo@chinabp.com.cn
经　　销	全国新华书店
印　　刷	兰州银声印务有限公司
开　　本	787 毫米×1092 毫米　1/16
字　　数	2223 千字
印　　张	193.5
版　　次	2023 年 9 月第 1 版　2023 年 9 月第 1 次印刷
书　　号	ISBN 978-7-5068-9594-1
定　　价	480.00 元（全10册）

版权所有　翻印必究

总序

张平生

　　万古黄河，导夫昆仑之麓，通乎星宿之源；迢迢九派，落落千秋，珠怀龙啸，风流环宇。晴光淑气，倩诗家椽笔，情抒黄河，绮霞浮彩。伴着滔滔河声，闻着浓郁果香，《黄河诗阵丛书》即将付梓。

　　结社黄河，诗朋荟萃，以诗成阵。为贯彻落实习近平总书记关于黄河流域生态保护和高质量发展重要论述精神，深入挖掘黄河文化蕴含的时代价值，讲黄河故事，延续历史文脉，坚定文化自信，为实现中华民族伟大复兴的中国梦凝聚精神力量，用中华诗词之妙笔，奏响"黄河大合唱"的时代强音。

　　黄河，是中华民族的母亲河。九曲黄河，奔腾向前，以百折不挠的磅礴气势，塑造了中华民族自强不息的民族品格，是中华民族坚定文化自信的重要根基，是中华文化的重要元素。上善若水，文明与河流是密切相关的。世界上最大的文明产生地都与河流密切相关。黄河在我国流经九省区，全长5464公里，流域面积约752443平方公里。早在上古时期，炎黄二帝的传说就产生于黄河流域。在我国五千多年文明史上，黄河流域有三千多年是全国政治、经济、文化中心，它孕育了河湟文化、河洛文化、关中文化、三晋文化、齐鲁文化等，诞生了"四大发明"和《诗经》《老子》《史记》等经典著作，留下了无与伦比的文化积淀。

中华民族自古以来是诗的国度、诗的沃土，从"蒹葭苍苍，白露为霜"，到"大漠孤烟，长河落日"；从"雄关漫道"，到"六盘山上高峰"，长城迤逦，雄关巍峨，"西北有高楼"，阳关多故人。千百年间，对黄河之赞美，咏潮迭起，佳作浩繁，蔚为大观。黄河落天走东海，万里写入胸怀间。在黄河涛声孕育之中，千百年来留下无数荡气回肠的诗篇。神州诗人兴起，四海词骚蔚然。《黄河诗阵丛书》挟时代浪潮，深情讴歌黄河文化蕴含的时代价值，为黄河流域生态文明建设和高质量发展助力。吟肩结阵，鸾凤和鸣；结社耕耘，风雅颂扬；登坛贡赋，珍珠万斛。沉潜韵海，多发清越之声；寄意风韵，更赋壮遒之词。

编辑出版《黄河诗阵丛书》，以古典诗、词、曲、赋、联的形式，大视域、全流域反映黄河自然、人文特色，谱写出新时代人民治黄事业的全新篇章，影响必将遍及黄河流域，并辐射至神州大地甚至海外。万首高吟兮堪入画图，百年佳景恰逢金秋。这不仅是黄河文化建设者的骄傲，更是黄河文化在当代继承发扬光大的重要标志。

弘扬黄河精神，传承黄河文化，讲述黄河故事，反映黄河新声。以诗词讴歌中华民族治黄事业的历史新境界，谱写黄河在中华民族发展新时代的辉煌乐章，是保护、传承、弘扬黄河文化的重要举措。回望万古黄河，壮美磅礴是民族品格；平视当今世界，百折不挠是华夏写照。华夏子孙对黄河的感情，正如胎记一般地不可磨灭。

  诗自芳春连暮雪，友从青藏到东营。乾坤四季，万里疆域，无不充盈诗情画意，友情祝愿。"逝者如斯夫，不舍昼夜。"万古黄河静静流淌，以《诗经》无邪之音，高唱中华文化之博大精深，阳刚正气。诗人词家之脉搏，同母亲河之脉搏一起跳动，那是绵延不断的民族颂歌。中华民族秉黄河精神，奋斗不息，意气风发。诗家当有大情怀，珍惜人生，牢记初心。抑工部之高节，抒青莲之胸臆，咏盛世之辉煌，颂人间之美好。五千里外沧桑，九转峰头岁月。歌随波涛涌，诗流日月边。吟啸一曲，黄河梦远。此时无限意，再逐雨花天。

  "龙文百斛鼎，笔力可独扛"，千古江山还要文心滋养。"没有优秀历史传统，没有民族人文精神，一个国家、一个民族，不打就垮。"这就是文化的力量。无论阳春白雪，抑或下里巴人，诗人们挺直脊梁，尽管身如草芥，仍然傲立于天地间，"苔花如米小,也学牡丹开"。仰观俯察，吐曜含章，把一腔情怀付诸笔端，发言为文为诗，不仅为人民群众留下了温润心灵、启迪心智、喜闻乐见的优秀作品，还彰显了中华传统文化的魅力，极大丰富、不断拓展着传统文化艺术的内涵。更让自然风光与诗文合璧，光华霁月与诗心交融，是诗人之幸，山川之幸，更是中华文化之幸。

"雄关漫道真如铁，而今迈步从头越。"今天，中华民族正在迎来从站起来、富起来到强起来的伟大飞跃。在这样一个全新的时代，诗歌担负的历史使命不言而喻，为诗歌开辟的创作空间更加广阔。"文章合为时而著，歌诗合为事而作"。鲁迅曾说："无尽的远方，无数的人们，都与我有关。"幸逢中华民族伟大复兴的新时代，正期待着诗人们襟怀云水，兰台展卷，搜句裁章。弘扬主旋律，凝聚正能量，歌颂祖国，礼赞英雄，放歌新时代，咏颂真善美。

是为序。

序

新田园赞歌

　　壬寅秋暮,案头多了一本即将付梓的田园诗集,名为《箭杆岭诗稿》,作者董惠琴女史,甘肃省通渭县人。她托朋友捎来,让我看看,并嘱能写几句话。

　　陇上是边塞诗的发祥地,在古人笔下,这里大漠孤烟,黄云千里。然而,翻开中国文学史,这片土地却并非贫瘠。东汉桓帝时,平襄(今通渭)人秦嘉、徐淑夫妻的爱情故事因其诗文赠答而留下一段文学佳话,秦赠妇诗三首,被视为五言诗进入繁荣期的标志,梁代诗论家钟嵘在其《诗品》中评秦、徐曰:"事既可伤,文亦凄怨"。兹后斯地文人承袭传统,多有宏篇佳构传世。诞生于复兴之路的"中华诗词之乡""中国书画之乡"等,为当今通渭的时代名片,而涌现出来的一批文学新人,无疑给古城增添了一抹亮色。

　　董女史的诗词根植于水墨之乡,渊源既深,又肯用心,承古而有新意,文雅却含地气,不同风韵屯于字里行间,读来颇觉温婉与洒脱。

绵延通渭的华家岭属寒涩之地，周围区域统称陇中，自古就有"苦甲天下"的称谓。作者对此作如是吟："华岭峰高气色寒，暮春三月雪飞残。疾风横卷半空外，草树茫茫仍旧颜。"（《车行华家岭》）不仅春寒料峭，八月处暑，也常见飞雪。其诗曰："中秋八月响雷绝，瞬息凭空飞急雪。高树浓荫元不知，怎堪无妄时坼裂。"（《八月大雪》）况且因自然灾害频繁，造成的结果往往是："遍野却为滩，生民泪欲潸。苍天不开眼，夺食半成间。"（《芒种前遭遇雹灾》）这样的生态条件，使老百姓的生活长期处于艰难环境中，多数农村青壮劳动力外出务工，农村荒芜和空巢现象在所难免，因而作者发出喟叹："少年才俊去他方，老弱衰残守故乡。城市喧哗隔村野，消除犹觉路漫长。"（《城乡》）由于贫穷，适龄儿童辍学情况屡屡发生，也许会出现新的文盲。《题刈草童孩图》深情而又酸楚的描述到，"衣衫褴褛面饥黄，手握镰刀堪楚伤。欲问谁家乖子女，亦知我自好儿娘。贫穷唯识打柴草，生计无缘到学堂。寄语豪门财富客，盛时犹记可怜郎。"这一首首饱含关爱，意境凄凉的咏叹诗，生动描绘了陇中乡村曾经艰辛的生存画面。似乎嫌如此氛围有些沉闷，失了诗的美好与和谐，作者便向读者奉送一盆她亲手栽培的四季花，花名叫《咏蝴蝶兰》："人道花无百日红，及知兰蝶意无穷。旧花未落新花出，四季恬然陋室中。"借花的无尽情谊愉悦读者，安慰自己，同时憧憬未来。

写旧体诗要求严格依韵，几十个字独立成篇，但诗人的创作理念是多维的，作品脉络是连贯的。面对家乡那令人心疼的自然条件，她把一腔情怀注入笔端，放歌面朝黄土背朝天的农民。从春耕开始，"丝丝细雨轻如梦，款款东风润似酥。小麦返青杨柳动，乡间春色有还无。"在这《早春》的和煦里，作者回想起的是"遮阳草帽薄衫凉，麦气薰风幽草香。日暮牛羊归圈后，田间犹见我和娘。"（《忆旧时》）。放眼看去，当今的田野上不仅忙碌着村民，连驻村干部也勤快地干着农活："阳和三月柳梢春，竭尽要帮民脱贫。双手扶犁行步稳，阿谁认得读书人？"（《驻村干部犁地春耕》）春到家园，到处呈现出播种希望的映像。仲夏时节，"一年翘首麦成黄，六月人家日夜忙。阵阵清风云逐散，茫茫沃野穗飘香。银镰下与汗珠落，金浪翻从歌笑扬。还是少年农把式，耘田依旧不输郎。"（《帮收麦》）丰收的喜悦如熏风吹过，拂起汗衫，吹得层层浪漫。待收工下地后，"一手馍馍一手瓜，岁月芝麻并蒂花。有朋自远来相问，门前踏叶迎到家。"（《田园歌》）多祥和的气氛，终于呈现一派田家生活情景图。

把农谚和典故化入诗句，作者运用起来颇为娴熟。《春耕》诗曰："庄户人家不负春，叱牛田里种星辰。唯将一片初心寄，秋后粮丰不负人。"种星辰，应有双重含义，或披星戴月地播种，或收藏如星辰般繁华璀璨的颗粒，此类形象颇有来历。李白诗云"田家秋作苦，邻女夜舂寒。跪进雕胡饭，月光明素盘。"说女主人端来的菰米饭,犹如秋夜皎洁的月光一样盛在瓷盘里。辛弃疾的《西江月·夜行黄沙道中》,在明月惊鹊,清风鸣蝉的映衬下,道出"稻花香里说丰年"。试想俟至秋月,金色的稻穗与满天星斗交相辉映,该是何等惬意!西方的《圣经》里说,书是上帝赐予人间的粮食,每天读《圣经》叫"吃书卷",也叫吃天上的粮食,大体和"月光素盘"说着同样的理儿。

生态变迁是董女史创作中比较关注的题材。引洮工程,历经半个世纪,圆梦结碑时,她为曾经参加开渠的已80多岁的叔父赋诗纪念:"平常岁月亦峥嵘,五十年间未了情。一道烟波穿古寨,老翁含笑听涛声。"对前辈改天换地的钦佩之情,溢于言表。该地面貌,已非昔日可比。城郊的休闲之地,"雾散云开晚照留,满园红叶醉中秋。蝶蜂不识风霜染,误作春天逐未休。"(《生态园》)临市湖泊则是"晴明初雨后,最爱岸边行。天蓝浮野鸭,树绿唱流莺。曲径依情侣,凉亭颂读声。文明多细节,故里蕴长情。"(《定西湖上行》)栖息的鸟儿也似通人性,纷纷加入生态变迁大合唱:"六弦横古琴,高调少人吟。几只时髦鸟,凌空奏好音。"(《高压线栖鸟图》)作者闻言生态改善、乡村脱贫的捷报后,诗兴几与山河融为一体,乘兴呼出:"陇原千里雪花飞,闻讯频传捷报归。甩掉百年贫困帽,欣同盛世沐光晖。"

书画之乡,闻名遐迩,作者且行且吟。朋友参加滨河集团书画活动出彩，她即称赞："玉液滨河起浪波，八方书翰聚烟萝。酒香还与墨香共，满座兰亭意最多。"别久重逢，她感佩昔日同窗深得书法浸染，隐然成家，便留嘉语："一别流云三十载，丹青犹自独开花。"与其他学问一样，书画也当从娃娃抓起。诗人在《幼师同学玉梅钟情书画寄赠》写道："一片童心未掩才，丹青翰墨写将来。他年回看岭头上，处处花香俏玉梅。"

  作者赋予诗的情感是深厚的，醇如老酒，可以融入物态风骨。《秋园》诗曰："寒花兀自送残香，雨洗葱茏金缀黄。倚树轻吟年岁浅，为秋浓烈为秋伤。"同时，也是澹泊的，清似甘霖，任白云舒卷。《芒种日之定西湖》云："槐花风动落残香，湖水粼粼泛碧光。朝市喧嚣声渐远，无为欲坐到天荒。"当然，这种洒脱不啻写诗，做到则更加艰难。但是，有了这么个心态和追求，诗的路程将会更为宽广。

  秦徐故里，诗词基因如黄河之水，川流不息。新时代的陇上诗坛，将乘长风踏万里浪。愿董女史和勤勉耕耘的陇原诗家，踊跃跳过龙门，遨游诗的海洋！

志旭
2022 年 11 月 8 日于兰州

诗为灵魂
能够飞翔

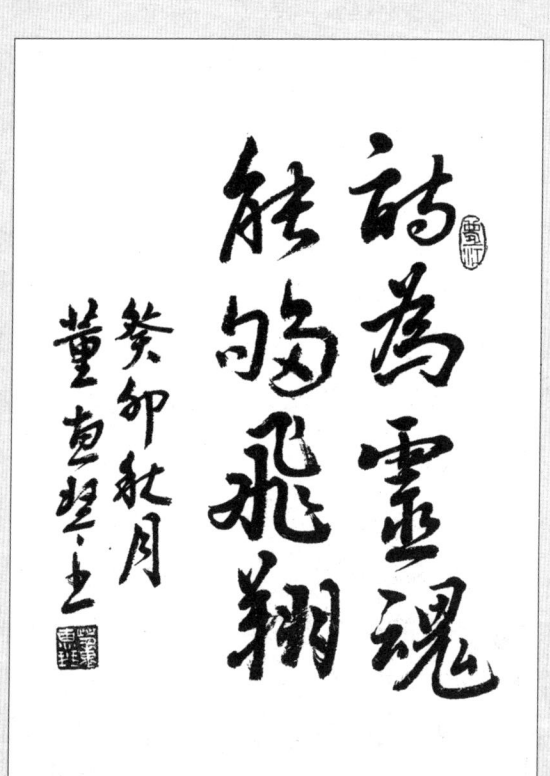

癸卯秋月
董恵翠书

作者自题

目录

绿度母心咒曲 …………………………………… 001
左公柳赞 ………………………………………… 001
细听花开 ………………………………………… 001
绿园新春 ………………………………………… 002
春　观 …………………………………………… 002
小妹楼下小菜园 ………………………………… 002
答友人 …………………………………………… 003
答西楼黄嘉英二位老师 ………………………… 003
春 ………………………………………………… 003
观锦鱼 …………………………………………… 004
春　雨 …………………………………………… 004
寄洮缘 …………………………………………… 004
什川古梨 ………………………………………… 005
忆故园 …………………………………………… 005
春日偶怀 ………………………………………… 006
陇原春色 ………………………………………… 006
答南方友人问春 ………………………………… 006

随　感 …………………………………………………… 007

春日寄林园小学同学二首 …………………………… 007

寒时即感 ……………………………………………… 008

念　花 ………………………………………………… 008

秋　日 ………………………………………………… 008

寄小妹 ………………………………………………… 009

养花偶感 ……………………………………………… 009

偶　感 ………………………………………………… 010

观　象 ………………………………………………… 010

公差归途见月 ………………………………………… 010

回故乡 ………………………………………………… 011

喜　鹊 ………………………………………………… 011

故　乡 ………………………………………………… 011

伤二叔父离世 ………………………………………… 012

偶　感 ………………………………………………… 012

独步定西湖畔 ………………………………………… 012

十月十八洮缘姐妹聚首金城 ………………………… 013

寄语我等将进五十之友人 …………………………… 013

周　日 ………………………………………………… 014

见乡友网上拍发旧宅门前大树 ……………………… 014

夏至回旧院 …………………………………………… 014

端午乡间行 …………………………………………… 015

意　兴 ………………………………………………… 015

登马啣山 ……………………………………………… 016

夏初槐花 ……………………………………………… 016

爱　女	017
伤母亲节	017
圆梦引洮工程	018
白银瞭高山	018
登　高	019
兰州安宁仁寿山	019
丽江古城	020
云南逢年关	020
寻踪觅迹	021
春　信	022
问　春	022
忆游版纳热带植物园	023
早春湖上	023
春雪辞	023
春　耕	024
骑行早春游	024
获送鲜花	024
早　春	025
家　祭	025
姊弟归家词	025
农村即见	026
驱车夜去呼市	026
陇原春色	026
花冠树狂风吹折感	027
同学班唱故乡小曲二首	027

归故园 …………………………………………… 028

六月十九日华林告别同学芸 ………………… 028

逢大旱 …………………………………………… 028

小　鸽 …………………………………………… 029

听明月友思母歌 ……………………………… 029

初　秋 …………………………………………… 029

观云霞 …………………………………………… 030

春　溪 …………………………………………… 030

桃花园 …………………………………………… 030

夏日登山遇雷雨 ……………………………… 031

初　夏 …………………………………………… 031

晚　秋 …………………………………………… 031

乡友画家永国 ………………………………… 032

同学班赴陇西唱小曲 ………………………… 032

赞中学同学群线上联欢 ……………………… 033

华岭雾凇 ……………………………………… 034

新疆同学回乡聚会 …………………………… 034

元宵夜赏灯 …………………………………… 034

立春日观社火 ………………………………… 035

定西湖 ………………………………………… 035

早　春 ………………………………………… 036

榜罗镇会议纪念馆参观抒怀 ………………… 036

湖上群燕子鸣欢 ……………………………… 037

桃花开 ………………………………………… 037

独　坐 ………………………………………… 037

车行华岭 ……………………………………… 038

山村行 ………………………………………… 038

通渭故乡 ……………………………………… 038

乘动车西行（二首） ………………………… 039

陇上牡丹 ……………………………………… 039

通渭庙会 ……………………………………… 039

月牙泉及香柳 ………………………………… 040

六月六太白庙会 ……………………………… 040

咏蝴蝶兰 ……………………………………… 041

题刈草童孩图 ………………………………… 041

友淑红失母 …………………………………… 042

蜜蜂采花 ……………………………………… 042

赴官鹅沟遇雨 ………………………………… 042

度假江南 ……………………………………… 043

西塘古商镇 …………………………………… 043

嘉兴月桥 ……………………………………… 044

江南美 ………………………………………… 044

泛金山湖 ……………………………………… 044

八月大雪 ……………………………………… 045

定西湖秋光 …………………………………… 045

塞上摘枣 ……………………………………… 045

晚　秋 ………………………………………… 046

湖边漫步 ……………………………………… 046

秋　感 ………………………………………… 046

生态园 ………………………………………… 047

答兆辉乡友	047
佳节思亲	047
网友秦岭圭峰奇景图	048
秋日感怀	048
寄　秋	049
月	049
读古人诗随感	049
鸡一族题图	050
闻秦腔	050
寒衣节送寒衣	050
稚　花	051
园中行	051
日月同辉	051
大雪节气有怀	052
重到渭水源	052
丁酉十一月十六作	053
喜大雪	053
冰　花	053
岁末大雪	054
雪后定西	054
忆往事	054
题冰冻春花图	055
室内小花	055
父诞辰日	056
临年关	056

望	056
家母诞辰祭	057
春讯三首	057
访旧	058
春日乡村所见	058
春花烂漫三首	059
清明遭极端天气	060
小园独坐	060
冻灾后乡村所见	060
郊游	061
冻雪后惜永国花卉园	061
冻雪后定西湖	062
蝴蝶兰	062
戊戌春	062
春寒	063
登高	063
四月二十日寄洮缘姐妹	064
过通渭秦徐公园	064
窗前幽花	065
旅次剑门客栈	065
游剑门关	065
五四节逢末春	066
驱车赏临洮牡丹	066
母亲节女儿寄花	067
携友临洮赏牡丹	067

题韩荃林局长家菜园	067
忆旧时	068
即　事	068
初夏园中	068
无　题	069
捡花乐	069
题甘肃安监领导赴江西学习考察	069
感　怀	070
视频见新疆狂风沙	070
芍　药	070
戊戌雨灾	071
晨　望	071
观看电影《我不是药神》感怀	071
定西湖上行	072
山乡画	072
城市清洁工	073
驱车腾格里沙漠见	073
咏大漠古沙枣树	073
闻志逸书法作品入展甘肃张芝奖及诸友成就	074
晨练八段锦遇	074
偶　感	074
公　园	075
戏智有进修	075
观机关篮球比赛	075
观书有感	076

小　园	076
感　秋	076
金塔胡杨林	077
九月九日	077
晚秋二首	078
秋　词	078
和兆辉戊戌秦州菊花节	079
智有诸同学登山有寄	079
晚秋登高	080
题丽芳夫妻旧照	080
与诸好友失约	080
蝴蝶兰花开一百八十日	081
九月十九同学再聚永国宅院赏菊娱乐	082
听延安南泥湾干部培训学院院长王东方延安精神视频讲座	082
记勇奇友参加滨河集团书画活动出彩	083
秦州银杏巷	083
冬　临	083
思	084
读宋词有感	084
读	084
观　雪	085
吹　牛	085
戊戌国家公祭日	085
小　园	086

冬日休假江南陪小女	086
江南遇履贞友	086
戊戌十一月十九父亲祭	087
戊戌冬月上海陪爱女	087
大学生上海谋生感怀	088
城　乡	088
辞　岁	088
元旦归途作	089
故乡又见喜鹊	089
同学病中有寄并祝早日康复	089
寄存来画家	090
戊戌岁末吟	090
同学聚会	091
赞群旗手金霞	091
树彬同学捐款襄南古调今韵社见赠	092
幼师同学玉梅钟情书画寄赠	092
为乔居烟台慧云同学作	092
戊戌小年并诗作收录家乡诗集	093
贺新时代通渭诗词精选出版并喜迎己亥新春二首	093
喜闻苏君彩蓉晋升高级职称	094
己亥除夕逢立春	094
春　雪	094
寄　怀	095
春日随感	095
垄上行	095

随　感	096
有　感	096
夜　读	096
答兆辉归群诗	097
春　半	097
安定知县许铁堂	098
魂　归	098
春游十一首	099
遇主人庭院春蔬	101
新迁朝北暗室	101
紫丁香	101
三月十六日世德家曲友会乐	102
养盆花	102
喜石玉、毛毛兰州登台演出及数同学晋职事业成	103
炸　雷	103
随　感	104
五一再聚永国府中	104
初夏襄南师生乡友小曲乐	105
夏　梦	105
沙尘肆虐	105
狂沙后喜见牡丹	106
请兆辉诗	106
答兆辉	107
雨后小园	107
赠答永强学友	107

晚游小园	108
栀子花开	108
致师范同窗周丑环	108
野兄、金霞、勇奇、芳玲等众同学凤城相会	109
山　村	109
高电线栖鸟图	109
无名花	110
通渭山场小曲会	110
病　愈	110
坟	111
自嘲二首	111
读苏轼诗词	112
致定西教育学院老朋友	112
雨后花	113
致蒋志仁先生	113
花开喜	113
惠珺西行探险	114
夏　日	114
原　上	114
随　感	115
村　日	115
田园歌	116
壶口瀑布	116
过庆阳市广场瞻望不窋塑像	117
过六盘山	117

山西灵石王家大院二首 …………………………………… 118

秋 …………………………………………………………… 118

感　时 ……………………………………………………… 119

山　居 ……………………………………………………… 119

蜂 …………………………………………………………… 119

云　想 ……………………………………………………… 120

秋　兴 ……………………………………………………… 120

过牛营大山 ………………………………………………… 120

乡下友人家 ………………………………………………… 121

旅途口占一绝贺同学贵萍公子结婚 ……………………… 121

读古人诗感怀 ……………………………………………… 121

看儿上海蜗居嘲 …………………………………………… 122

寒 …………………………………………………………… 122

感　秋 ……………………………………………………… 122

戏盆栽石榴秋日开花 ……………………………………… 123

乡友英年遽然离世相送 …………………………………… 123

隐括勇奇秋到金城词 ……………………………………… 123

醉秋色 ……………………………………………………… 124

网上观秋景 ………………………………………………… 124

观雁阵南渡秦岭 …………………………………………… 125

霜降雨雪 …………………………………………………… 125

寄赠王芳玲、田培红诸少时同学感其发奋改变自身
　　家庭之命运 …………………………………………… 126

戏俩老同学相会平川 ……………………………………… 126

随　感 ……………………………………………………… 126

小　园	127
过友人福台小区门前	127
立　冬	127
风中行	128
定西湖	128
枯　冬	128
故里行	129
冬日喜见盆栽石榴结子	129
省书法家协会会员令勇奇、陈志逸为通渭什川山坡村 　　捐赠书法作品有寄	129
秦嘉、徐淑故里诗心女子红霞雪中观景	130
随　感	130
十六望月	130
岁　暮	131
次韵崔淑红自乐诗	131
通渭女诗人阵群	132
读杜甫诗	132
抱病己亥冬至	133
新春儿归	133
示儿辈	133
鼠　年	134
新　年	134
鼠年春节	134
庚子生日	135
庚子春疫情蜗居	135

网上见淮北牛先生赏梅寄赠	136
春　雪	136
题片雪轻触春芽图	136
疫灾蒙古国援助中国三万只羊	137
心　室	137
晨　兴	137
堂妹军林妹夫广远相伴云游	138
老　屋	138
春雪词	138
探春花	139
庚子仲春	139
桃　园	140
盆养紫菊	140
漫　兴	141
陌头花开	141
别三月	141
四月天	142
对　雪	142
访大姨旧居	143
对　花	143
市应急先锋队春季植树	144
驻村干部犁地春耕	144
什川梨花	145
连　翘	145
风雨人生路	145

山　村	146
陇上短题兼寄淑红	146
忆故乡月	146
海棠二首	147
病中闲吟	147
回　乡	148
寄　情	148
别　春	148
致定西教育学院89级中文学子	149
丁香殇	149
城中观牡丹思故园	149
牡　丹	150
花　露	150
风　花	150
清唱通渭小曲	151
途中惊闻东百里外通渭连遭雹灾	151
病　寒	151
芒种前遭遇雹灾	152
晨	152
偶　遇	152
漫　兴	153
网上观勇奇甘南所见	153
渭源双石门	154
晨起见时鸟光临窗台	154
和红霞雨后诗	155

友人游江南	155
六月初六太白庙会秦腔戏	156
回故屋	156
暴　雨	156
通渭下乡途中	157
通渭书画文化艺术节大型演出因雨误	157
下乡晚归遇晴	158
庚子暴雨	158
寄同行崔志强	159
大排查大督查通渭扶贫	159
回　乡	159
襄南行	160
遇	160
下乡遇	160
通渭李店镇种植金银花	161
登　高	161
见小妹登会宁桃花山遇晚霞满天	161
秋　声	162
江　南	162
读李白	162
光　阴	163
登北山	163
中秋江南寄怀	163
寄　怀	164
应急队员为市运动会操练方阵	164

外出二十余日归来见秋深 …………………………… 164

喜大弟又一淤坝完工 ………………………………… 165

菊 …………………………………………………… 165

深　秋 ……………………………………………… 165

园　梨 ……………………………………………… 166

庚子秋雪 …………………………………………… 166

黄叶辞树 …………………………………………… 166

奉题作通渭五月雹灾得保险理赔 ………………… 167

庚子冬月小雪闻甘肃贫困县全部摘帽退出贫困县序列 …… 167

华岭雾凇 …………………………………………… 167

戏题石榴 …………………………………………… 168

室内菊花 …………………………………………… 168

大雪节吟 …………………………………………… 168

陇　上 ……………………………………………… 169

逢　雪 ……………………………………………… 169

雪夜小区 …………………………………………… 169

雪天扫路工 ………………………………………… 170

和存来同学诗并题画 ……………………………… 170

风雪快递人 ………………………………………… 170

冬日漳水见白鹭 …………………………………… 171

大雪吟 ……………………………………………… 171

旗　袍 ……………………………………………… 171

农家小曲乐 ………………………………………… 172

题渭河源冰挂 ……………………………………… 172

冬　吟 ……………………………………………… 172

漫　吟	173
友人赠花	173
大年初一游春	173
三八节致妇女	174
春	174
清明回乡遇雨	174
自　遣	175
无　题	175
读李白	175
乡村见闻	176
四月二十日寄洮缘姊妹	176
暮　春	176
乡居二首	177
访南山	177
暮春沙尘又雨	178
喜天晴	178
暮春游	178
荆州行	179
遣　怀	179
忆游岳阳楼	179
悼袁隆平先生	180
逢芒种兼悼袁隆平先生	180
槐花赞	180
生态园	181
小刺梅	181

芒种日之定西湖	181
安全生产警示兴	182
夏　至	182
夏至白昼见月升口占一绝	182
致襄中学弟马啸	183
胡麻花	183
伞	183
脚　伤	184
少年心事	184
秋	184
观东京奥运乒乓球赛	185
抒　怀	185
阴	185
闲　居	186
寄　怀	186
小城所见	187
教师节闻同学吴增麟退休有感	187
读　诗	187
读杜甫	188
无　题	188
假日出游	189
深秋寒雪	189
喜神州十三号载人飞船成功发射	190
见黄叶赏饮作	190
牵　挂	190

秋　园	191
疫情问安故人	191
晚　晴	191
寄赠退任之友人	192
赠同学老牛	192
访西岩老杏二首	193
寄赠新疆诸小初中同学	193
漫　兴	194
老　杏	194
思	194
毛　驴	195
敦煌瓜州大地之子雕塑抒怀	195
同题作长江	196
病中观石榴	196
夜　坐	197
抒　怀	197
药	198
感　念	198
大　雪	199
思　亲	199
慈　怜	200
冬	200
戏赠同学六绝句（男子篇）	201
服　枕	202
戏赠同学六绝句（女子篇）	203

赠同学王凤娥 ………………………………………… 205
岁暮遣怀 …………………………………………… 205
王站履贞女儿女婿新婚志禧及岳丈岳母安泰二首 ………… 206
三　月 ……………………………………………… 206
梦里故园 …………………………………………… 207
夏　日 ……………………………………………… 207
帮收麦 ……………………………………………… 208
壬寅中秋遇疫情 …………………………………… 208
寄　意 ……………………………………………… 209
疫情居家 …………………………………………… 209
上南山 ……………………………………………… 209
独　坐 ……………………………………………… 210
清　露 ……………………………………………… 210
题　画 ……………………………………………… 210

绿度母心咒曲

2013 年 6 月

梵音绿度母，澄澈月明禅。
杳杳流空远，微茫云汉边。

左公柳赞

2013 年 7 月

巍巍拔出擎天盖，落落犹盘八尺台。
历尽劫波还复在，立根黄土听风雷。

细听花开

2014 年 2 月

独怜檐下翠微芳，春透窗纱静日长。
时序回轮冬去尽，花开细细不须忙。

绿园新春

2014 年 2 月

绿园芳树闻春雷，惊报层层新叶开。
茉莉凭窗风影动，丝丝香气送将来。

春　观

2014 年 3 月

花开笑春风，人老岁月中。
临风青玉树，转盼白头翁。

小妹楼下小菜园

2015 年 4 月 27 日

篱园一点绿稀奇，日日窗前弄菜畦。
密耸高楼难俯仰，心宽自可作诗思。

答友人

2015 年 4 月 26 日

年将半百事无成，学府官场未了情。
君问我今何处去？山阴有路且徐行。

答西楼黄嘉英二位老师

2015 年 4 月 30 日

西楼师长性多情，脱手撒珠怜晚生。
黄君不愿甘其后，誉并西楼到凤城。

注：西楼、黄君皆为网上好友。凤城，作者居住地定西。

春

2015 年 4 月 24 日

怜春尽日槛边看，欲把春风诗赋完。
杨柳送归春去后，将从何处觅余欢？

观锦鱼

2015 年 4 月 22 日

自在优游堪作闲，怡然怜看小池湾。
兴来举酒笑相问，可否同余共醉颜？

春　雨

2015 年 4 月 21 日

浓云向晚久徘徊，欲晦还明雨复来。
一夜无风淅沥下，明朝带露杏花开。

寄洮缘

2015 年 4 月 20 日

四月争忘时去日，繁花依旧好天气。
洮河不断水长流，都是人间不了意。

什川古梨

2015 年 4 月 20 日

　　位于兰州皋兰县境内什川古梨园，古梨树九千余棵，甚是壮观，称"天下第一古梨园"。

古岸黄河望什川，森森梨木接云天。
白头老者园中坐，相话曾经四百年。

忆故园

2015 年 4 月 15 日

忆曾西苑杏花开，彩蝶黄蜂径自来。
最是疼儿家父母，年年拢树待春栽。

春日偶怀

2015 年 4 月 10 日

东邻欲话意迟迟,万象迷离谁可知。
草树不关世间事,桃花含笑一枝枝。

陇原春色

2015 年 4 月 1 日

莫嫌春日总来迟,万物生成自有时。
四月江南芳树尽,欣看陇上放花枝。

答南方友人问春

2015 年 3 月 16 日

家住陇中非玉关,春风犹度汉江还。
看花还待月余后,谷雨来时红满山。

随 感

2015年2月20日

人立天地间，道存依自然。
铮铮留骨气，敬德藐强权。

春日寄林园小时同学二首

2014年11月24日

（一）

零落村庄寂寞家，沟坡山岭野桃花。
无由思念随风起，竹马青梅各海涯。

（二）

山头庙宇下坡家，朝接东阳晚送霞。
日日读书学堂里，门前大树望天涯。

寒时即感

2014年11月18日

向慕逍遥还学痴,当从大化顺天时。
随寒暗痛却随梦,深夜无人与我知。

念 花

2014年11月3日

一入时冬天骤寒,居楼送暖与人安。
湖边昨日花犹秀,定被无情霜打残。

秋 日

2014年10月17日

午后晴明半日闲,白云随意卧南山。
悠悠万事心无碍,好个清秋人世间。

寄小妹

小妹网名青青树,三十余岁,夫妻皆为白银市最年轻中学高级语文教师。古文功底扎实,内心丰富,情怀高远,性格直率,古道热肠,十年倾心于教书育人。今届不惑之年,有感过去时光,撰写网文《青青树林记》,读后颇为感人,为之作咏。

文言文语亦仁心,不惑之年吐雅音。
种得一畦青木在,春风细雨绿成阴。

养花偶感

情怀山水未嫌小,更有怜心从不少。
门外是非何我关,且看花草人闲了。

偶 感

2014 年 9 月 3 日

窗外秋潮满眼来，清凉渐落镜前台。
雏花不识寒霜至，俏立枝头将欲开。

观 象

2015 年 11 月 28 日

落日苍茫远，皇皇天地玄。
悠悠接千载，万象尽萧然。

公差归途见月

2015 年 11 月 25 日

冬来雨雪未成安，勤谨公差薄暮寒。
车马匆匆急归去，抬看明月吊云端。

回故乡

2015 年 11 月 18 日

雨后斜阳照屋明,儿时伙伴唤吾名。
白头阿婶嘘寒暖,笑语相携送一程。

喜　鹊

2015 年 11 月 16 日

披书伏案晚西楼,忽见鹊鸣杨柳头。
此鸟原为旧时客,乡思不起也无由。

故　乡

2015 年 11 月 12 日

轻寒天气雨空濛,云雾深深犬吠东。
漠漠新田绿如许,故乡山色画图中。

伤二叔父离世

2015年11月9日

伤心一代渐凋零,夜未成眠雨打萍。
最是无情东逝水,蘋洲依旧草青青。

偶　感

当年犹记拔头筹,惊起波澜久未休。
二十年来等闲过,无情世事泪空流。

独步定西湖畔

2015年11月3日

久居寒室意沉沉,徐步湖堤秋渐深。
衰柳纷纷扬木叶,无波水面起飞禽。

十月十八洮缘姐妹聚首金城

2015 年 10 月 30 日

倾心原是结洮缘，相约金秋上五泉。
把酒成欢数杯后，山歌一曲到云天。

寄语我等将进五十之友人

2015 年 10 月 21 日

人入天命年，历练如半仙。
风光不常在，苦乐分两边。
名利身外事，得失作云烟。
洁身宜守静，处事犹泰然。

周　日

2015 年 8 月 9 日

悠悠无事安闲，秋风细细吹颜。
随卧林间树下，仰看云傍西山。

见乡友网上拍发旧宅门前大树

2015 年 6 月 22 日

暇日逢端午，乐游来我府。
打从门外过，应问三杯否？

夏至回旧院

2015 年 6 月 22 日

院门深锁久无人，庭草漫墙接近邻。
心事万般无诉处，还从夏至长精神。

端午乡间行

2015 年 6 月 22 日

胡麻漫笑豆花红,阵阵蜂声乐麦风。
黄土塬逢好时景,丰年尽在一望中。

意 兴

2015 年 6 月 13 日

常于意兴动吟思,赋就春风花一枝。
最喜知音隔屏赞,人生从此不相疑。

登马啣山

2015年6月2日

马啣山高几近天，风物气象异多迁。
峰头冷雨寒彻骨，山脚风和鸟鸣泉。
曲径危石徐攀越，漫坡枇杷层次观。
绝顶一望三千里，浩气顿生胸次宽。

夏初槐花

2015年5月27日

渐次春华谢却无，凌空碧玉缀成珠。
微风漫度绿荫下，熏得行人醉欲扶。

爱 女

2015 年 5 月 15 日

片云天共远,负笈读南边。
寄物知佳节,无言一线牵。

伤母亲节

2015 年 5 月 10 日

我儿呼我我呼谁?闻此呼声心愈悲。
留爱世间千百万,无根却痛一生期。

圆梦引洮工程

2015 年 5 月 7 日

  定西引洮工程，历经半个世纪。当年参加洮河开渠我之叔父已八十有一。引洮圆梦纪念碑揭碑，标志这一工程终梦想成真。

平常岁月亦峥嵘，五十年间未了情。
一道烟波穿古寨，老翁含笑听涛声。

白银瞭高山

登高始觉到云天，三十里荒余夕烟。
凌顶却知山脚下，黄河一线过平川。

登 高

2015 年 12 月 11 日

登高欲问去何方,明月留处是故乡。
天地玄黄山复水,潸然不觉起哀伤。

兰州安宁仁寿山

2016 年 1 月 22 日

斜晖脉脉静空山,时有鸟鸣深树间。
直上凌云阁下看,红云一片落河湾。

丽江古城

2016年1月25日

曲水流清古巷深,青砖院落夜沉沉。
月明不改千年色,斜倚廊檐照到今。

云南逢年关

2016年1月29日

南国绿如毡,如何过得年?
岁辞燃爆竹,应是雪漫天。

寻踪觅迹

丙申正月初三,姊弟携儿女访母亲旧时做童养媳之村落。此地与母亲娘家一梁之隔,为母亲一生最痛最难忘之地。母亲晚年欲去一看,终未能遂愿。心怀歉疚,今寻觅母亲旧日踪迹。

声声我母何其苦?
家贫十三嫁人妇,
只身一件短夹袄,
泪眼别娘难相顾。
婆母凶厉稚小多,
颐指气使不敢语。
白日役劳夜难眠,
望断归鸟泪如雨。
乘无人藏两把粮,
揣于怀中养寡母,
攀攀援援一道梁,
夜半山鬼毛发竖。
秋来夏去年接年,
方崖山下将立户,
谁知夫婿读书成,
一纸休书弃如土。
一世争能无情思,

终生念念几缕缕。
古道曾经佳丽人，
相识只可问老树。
抬眼迷离四野空，
唯见荒山无重数。

注：方崖，母亲夫婿家背靠一小方山，故得名。

春　信

2016年2月20日

残雪渐消风浥尘，春牛欲起抖寒身。
眼前已觉生机满，又到年来物候新。

问　春

2016年2月23日

寻春郊外走，柳瘦难为睹。
山外复山边，花开知道否？

忆游版纳热带植物园

2016 年 3 月 5 日

终年风润雨和天，百草千花此结缘。
何日得闲复游去，无忧花下醉酣眠。

早春湖上

2016 年 3 月 11 日

湿云垂岸水澄明，何处归来飞鸟轻。
春雪迷濛人去静，犹闻湖上坼冰声。

春雪辞

2016 年 3 月 13 日

一片茫茫白幕中，旋飞旋落旋成空。
律序轮回冬去也，且持樽酒祝东风。

春　耕

2016 年 3 月 13 日

庄户人家不负春，叱牛田里种星辰。
唯将一片初心寄，秋后粮丰不负人。

骑行早春游

2016 年 3 月 15 日

单车轻踏出城东，四十里长山水同。
折折弯弯行复止，漫看草色有无中。

获送鲜花

2016 年 3 月 21 日

春来又三八，有情人赠花。
置之案头上，娇娇灿若霞。
问余何能此，怜爱尚有加。
有缘且相对，香飘向天涯。

早　春

2016 年 3 月 21 日

墙头杏欲红，花蕾叠枝重。
一夜风携雨，晓来春更浓。

家　祭

2016 年 3 月 21 日

五更庭院静无声，幽梦初回灯半明。
清酒明盘作齐备，鸡鸣家祭已先行。

姊弟归家词

2016 年 3 月 26 日

檐头紫燕自天涯，儿女痴心恋旧家。
前庭洒扫院除草，窗户通明园种花。

农村即见

2016 年 3 月 30 日

清清小院瓦楞明,少壮营生去远行。
四野空疏鸟声远,扶犁老者作春耕。

驱车夜去呼市

2016 年 4 月 3 日

风疾夜寒从北行,鸡鸣拂晓到呼城。
回头相望一千里,梦里贺兰都未惊。

陇原春色

2016 年 4 月 13 日

今度春和风袅袅,柳烟如织尘沙少。
年年植绿自功成,欣把左公心事了。

花冠树狂风吹折感

2016 年 5 月 15 日

一树盈盈行道栽,繁花原为盛时开。
谁知霹雳狂风起,冠重反招生死催。

同学班唱故乡小曲二首

2016 年 5 月 21日

(一)

儿时鼓努为前程,老去偏思故日情。
一片痴心同向力,悠悠小调击锵声。

(二)

横吹竹笛竖弹弦,起越慢抒杨柳前。
夏日晴和飞鸟静,声声古调思先贤。

归故园

2016 年 5 月 22 日

小满荫浓夏日长,几多心事又归乡。
栽花人去无踪影,满院牡丹依旧香。

六月十九日华林告别同学荟

2016 年 7 月 1 日

离别经年岁月长,红颜褪去尽沧桑。
华林山上松风下,一片悲声隔渺茫。

逢大旱

2016 年 8 月 19 日

烈日凌空日日晴,千虫百兽遁无声。
何时见得旱如此,草死禾焚近赤城。

小　鸽

2016 年 8 月 23 日

轻掠一孤影，飞临窗槛前。
迟迟未离去，慈目两相怜。

听明月友思母歌

2016 年 9 月 10 日

轻歌一曲诉声幽，无尽亲思寄此秋。
何不与君同感慨，隔空吾亦泪双流。

初　秋

2016 年 9 月 10 日

风催残暑夜初凉，空水澄明树渐黄。
正是一年好时景，瓜香十里染秋光。

观云霞

2016 年 9 月 12 日

西山远上火云奇，壮写不能羞语迟。
恨不能将夸父逐，痴心大鸟紧相随。

春　溪

2017 年 3 月

晓来知足雨，小草破新土。
溪水向东流，复萦红柳处。

桃花园

2017 年 4 月

灯影月光交映辉，小园苔径没幽微。
夜深对久桃花睡，一袖暗香携自归。

夏日登山遇雷雨

2017 年 7 月

遍望群山绿染天,屯云黑马忽回旋。
一声雷疾打山过,数点雨花开面前。

初　夏

2017 年 6 月

三春处处使人怜,初夏方如美少年。
绿发飘然眉目炯,一挥衣袖径朝天。

晚　秋

2016 年 10 月 13 日

西风凄紧物华衰,一季繁荣渐次违。
零落几枝霜菊上,蝶蜂还作旧时飞。

乡友画家永国

2016年10月16日

城外同乡十里家,丹青逸韵自桑麻。
随和简朴喜宾客,秋后相邀赏菊花。

同学班赴陇西唱小曲

2016年10月22日

金风飒飒画山娇,拂晓将行露未消。
相会古城襄武邑,一支乡曲切云霄。

附：

惠琴唱小曲记

杨兆辉

2018 年 5 月 7 日

立夏无余思，细风牵瘦身。
杯茶贪久坐，老酒不堪陈。
间或清歌乐，尤亲小曲纯。
惠琴纵一喝，发动底莘莘。

赞中学同学群线上联欢

2016 年 11 月

足未出门心亦牵，海南疆北话团圆。
西陲王武吼秦剧，北岸孙郎弄古弦。
长笛弄风声慢慢，佳人对月意绵绵。
卅秋回首一如梦，且借今宵同乐天。

华岭雾凇

2016年12月20日

难耐长长慢慢冬,尘霾凝压几重重。
人间自有清明在,华岭山头看雾凇。

新疆同学回乡聚会

2017年1月13日

早年辞故乡,万里走边疆。
今日一杯酒,峥嵘岁月长。

元宵夜赏灯

2017年2月12日

病魂无奈索秋千,日日娇微拥被眠。
可是元宵十五好,花灯遗我赏残年。

立春日观社火

2017 年 2 月 7 日

今日春临晚,相闻入夜宵。
俗风犹尚古,华岁复垂曹。
大鼓喧擂手,雄狮威抖毛。
须知寒日去,心绪逐云高。

定西湖

2017 年 4 月 3 日

春水盈盈未醒眠,远山寒影翼如蝉。
清幽只合独前往,不可喧声扰破禅。

早春

2017年4月6日

丝丝细雨轻如梦，款款东风润似酥。
小麦返青杨柳动，乡间春色有还无。

榜罗镇会议纪念馆参观抒怀

2017年4月11日

九月十八日，定西市安监局机关党员干部赴通渭参观中共中央政治局榜罗镇会议纪念馆，抚今追昔，心情久不能平静。1935年9月27日，中央政治局于通渭榜罗镇召开常委会议，确定将中共中央和红军长征落脚点放在陕北，做出以陕北苏区为领导中国革命大本营之战略决策，毛泽东主席在此酝酿并写就著名诗篇《七律·长征》。一代伟人，长征史诗，光辉永存。

核桃树下麦场边，三军统帅谋巨篇。
群情振奋慨慷以，领袖北挥一指鞭。
夜半星稀寒露坠，心潮逐浪未成眠。
征途漫漫度险关，回首一笑却等闲。
古镇幽幽沧桑事，有心人思昔时艰。
八十清秋今又是，满树繁华可忆颜？

湖上群燕鸣欢

2017 年 4 月 11 日

谁家新燕子,相约岸湖来。
春事乐无极,争先说一回。

桃花开

2017 年 4 月 12 日

遍野粉桃开,有心人约来。
山歌对一曲,飞鸟落亭台。

独　坐

2017 年 4 月 13 日

碧穹笼盖藉青庐,柔绿森森一岁初。
何处春阴不闲适,贪看片片岫云舒。

车行华岭

2017 年 4 月 20 日

华岭峰高气色寒,暮春三月雪飞残。
疾风横卷半空外,草树茫茫仍旧颜。

山村行

2017 年 4 月 27 日

土坝山塬日影斜,杏花开处是人家。
鸡鸣犬吠语声朴,户户家家忙苎麻。

通渭故乡

2017 年 5 月 11 日

双双山雀掠晴空,十里杏花轻拽风。
四月暮春人意好,故乡山色画图中。

乘动车西行二首

2017 年 5 月 14 日

（一）

三千里野越轻舟，一日看过冬夏秋。
最是祁连山上雪，千年依旧照凉洲。

（二）

银龙载我至西宁，气派全新站一停。
此地原知佳友在，温情话语到心灵。

陇上牡丹

2017 年 5 月 19 日

春红落尽始登场，大气从容仪万方。
百卉千花不淡定，低眉俯首拜君王。

通渭庙会

2017 年 6 月 19 日

此地由来文墨乡，农家初夏未开忙。
山头日日唱秦戏，靓女俊男占满梁。

月牙泉及香柳

2017年6月19日

千年奇绝一清泉,大漠深情拥枕眠。
亦喜葱茏三五柳,醉人香气直冲天。

六月六太白庙会

2017年7月5日

山脚泠泠两突泉,山颠古庙供诗仙。
年年六月到初六,大戏连台人挤肩。

咏蝴蝶兰

2017 年 7 月 11 日

  朋友送蝴蝶兰，经冬复夏，历时九月未凋零，已为叹奇。复又新枝含苞，开放在即。甚喜，拍照并记之。

    人道花无百日红，及知兰蝶意无穷。
    旧花未落新花出，四季陶然陋室中。

题刈草童孩图

2017 年 7 月 17 日

    衣衫褴褛面饥黄，手握镰刀堪楚伤。
    欲问谁家乖子女，亦知我自好儿娘。
    贫穷唯识打柴草，生计无缘到学堂。
    寄语豪门财富客，盛时犹记可怜郎。

友淑红失母

2017年7月28日

卅年心尽奉高堂,怎奈病魔终不良。
渺渺苍天何处诉,声声长哭断肝肠。

蜜蜂采花

2017年8月3日

为谁辛苦为谁忙,好似民工建高房。
雨里来,风里去,尘灰满面瘦饥肠。

赴官鹅沟遇雨

2017年8月22日

大雨倾盆穿密幕,水深难识何为路。
官鹅待我却晴明,小曲飞声哈达铺。

度假江南

2017 年 8 月 24 日

值此年休心且休,人轮半百季轮秋。
江南倒是花依旧,叫我寻思留不留?

西塘古商镇

2017 年 8 月 26 日

　　西塘儒家文化浓厚,自古以来,商贾云集,行善、种福、仁义。水通道通,财富亦通。

　　善福多仁穆穆风,西塘岸雨过廊蓬。
始知二十七桥下,生意原如流水通。

嘉兴月桥

2017 年 8 月 31 日

月桥依运河,游客往来多。
商铺参差立,画船桥下过。

江南美

2017 年 9 月 1 日

江南美,难忘是镇江。
芙蓉楼上送辛渐,水漫金山说白娘。
风送芰荷香。

泛金山湖

2017 年 10 月 10 日

荷叶田田菡萏眠,石桥青影曲栏延。
轻舟着我云湖过,自会人间少许仙。

八月大雪

2017 年 10 月 11 日

中秋八月响雷绝,瞬息凭空飞急雪。
高树浓荫元不知,怎堪无妄时摧裂。

定西湖秋光

2017 年 10 月 16 日

芦花冉冉菊花香,红叶依亭晚夕阳。
点点寒禽轻戏水,湖堤久伫恋秋光。

塞上摘枣

2017 年 10 月 17 日

秋空高远鸟飞过,旷野荒滩枣几柯。
底是有无主人未,垂垂摘食当如何?

晚　秋

2017 年 10 月 18 日

一年逢晚秋，万象竞风流。
红叶黄花重，轻随莫说愁。

湖边漫步

2017 年 10 月 23 日

晚来闲步向平湖，涂抹残阳作画图。
是处浅黄深碧色，萧萧意绪有还无。

秋　感

2017 年 10 月 23 日

未落霜华气已清，斑斓草树远山明。
人生勿道回年少，厚道何羞白发生。

生态园

2017 年 10 月 25 日

雾散云开晚照留,满园红叶醉中秋。
蝶蜂不识霜风染,误作春天逐未休。

答兆辉乡友

2017 年 10 月 27 日

从来不是左行人,不与浮夸拜路尘。
谋事还须知谨慎,调高之处总无真。

佳节思亲

2017 年 10 月 27 日

秋风黄菊又重阳,每到重阳欲断肠。
遗落孤零无去处,今宵梦里见高堂。

网友秦岭圭峰奇景图

2017年10月30日

何处绝奇穷,满山燃火红。
风霜行魅力,造化使神功。
欲我因之去,驱车使向东。
化身千万树,凌顶共秋风。

秋日感怀

2017年11月2日

皆言一叶可知秋,满地堆红多少愁。
题得数枚诗寄远,青春逝水只东流。

寄 秋

2017 年 11 月 3 日

满山黄叶飞，诗兴共斜晖。
持酒祝华岁，人和事莫违。

月

2017 年 11 月 3 日

皎皎月明如玉盘，无根谁系白云端。
人生若得高情好，何必折腰来侍官。

读古人诗随感

2017 年 11 月 9 日

立冬闲读立冬诗，但见诗人落泪兹。
褐薄衾单缠疾苦，何知今日渥丰资。

鸡一族题图

2017年11月21日

公鸡傲视母鸡仪,数十雏鸡俊雅随。
高髻危冠神自若,一门尊贵比阿谁。

闻秦腔

2017年11月21日

水面初冰透骨凉,残花枯叶向西阳。
四遭空寂鸟飞尽,一曲秦腔穿峁梁。

寒衣节送寒衣

2017年11月27日

风寒露冷送棉裳,送过东冈送北冈。
门径荒芜身去远,伤心老屋泪成行。

稚 花

2017 年 11 月 27 日

懵懵童童一朵花，红阳冬日俏枝斜。
茫茫四野无同伴，一缕清香并晚霞。

园中行

2017 年 12 月 5 日

日暮鸟归迟，林空月别枝。
园中度微径，欣得半行诗。

日月同辉

2017 年 12 月 7 日

日莅东山月在西，同天共听唱雄鸡。
辉光普照环球遍，莫使人间求索迷。

大雪节气有怀

2017 年 12 月 13 日

时逢大雪都无雪,风冻青云寒欲绝。
放眼重重事似山,寸心肝胆分澄澈。

重到渭水源

2018 年 1 月 2 日

人文千古地,气节伯夷哉。
大禹开山斧,左公凝墨苔。
鸟鸣深树静,冰覆涩流徊。
凛冽寒冬里,今朝我又来。

丁酉十一月十六作

2018 年 1 月 3 日

闻道今朝将欲雪,吟诗款款方成绝。
谁知天帝作心机,毁我雪诗徒半阙。

喜大雪

2018 年 1 月 4 日

连天拽地白茫茫,好是过年雪一场。
久别不知君去处,广寒宫里料收藏。

冰 花

2018 年 1 月 7 日

晶晶亮亮雪冰花,梦里无声弄巧些。
窗外彻寒窗里暖,童年犹忆过家家。

岁末大雪

2018 年 1 月 10 日

台前香暗花开绝,窗外龙盘山裹雪。
旧去新来又一年,满城车马压冰辙。

雪后定西

2018 年 1 月 13 日

天晚向湖东,斜晖照碧空。
雪楼光影里,玉砌似仙宫。

忆往事

2018 年 1 月 15 日

儿时未解我娘怜,索要新衣娘面前。
今日犹看衣满架,思娘不在泪如泉。

题冰冻春花图

2018 年 1 月 23 日

三九岁寒阳自生,春花消息报无声。
无端朔雪严相逼,清泪凝冰化水晶。
纵然义勇赴身死,唤得春回大地情。

室内小花

2018 年 1 月 24 日

非我手移栽,年年此日开。
向阳花翡翠,问尔自何来?

父诞辰日

2018年1月24日

廿年离别意茫茫,犹忆旧庭明主堂。
肃整威严风范远,来生还做父儿郎。

临年关

2018年2月1日

忽闻鞭炮欲过年,心事无端万万千。
日暮不妨观雪去,高山大野共苍天。

望

2018年2月8日

登高近午天,开眼望晴川。
白雪覆苍野,人家笼淡烟。

家母诞辰祭

2018 年 2 月 8 日

严冬将尽问春何,残雪茫茫悲欲歌。
乡路不辞何处去,坟前儿女又来过。

春讯三首

2018 年 2 月 13 日

(一)

窗外风声起,与前犹不同。
骀然春信息,万物复生中。

(二)

云湿欲垂楼,柳舒犹放柔。
西山披亮色,应是一冬休。

(三)

睡觉东窗亮,盆花梅欲开。
裘衣肥解下,拂面暖风来。

访 旧

2018 年 3 月 20 日

门角一枝梅,春风花欲开。
芳姿含笑立,只待故人来。

春日乡村所见

2018 年 4 月 3 日

寥落村庄年岁瘦,墙头老杏香空透。
儿童不见喊阿娘,门巷媪翁孤杖候。

春花烂漫三首

2018年4月3日

（一）

繁花烂漫裹山丘，香气东风日日浮。
直欲此身花下睡，笑他将相与公侯。

（二）

谢却紫丁红杏香，海棠急欲上红妆。
莺穿杨柳乱枝影，天气撩人日已长。

（三）

青君一夜令相催，万树千花遍野开。
莫道陇原春色晚，花开声动似惊雷。

清明遭极端天气

2018年4月6日

黄沙漫卷雾遮天,大雪纷纷跌旧年。
无奈天公忽作恶,春花多少萎尘前。

小园独坐

2018年4月7日

轻手一杯茶,衣襟满落花。
独闲桃树下,疏影日西斜。

冻灾后乡村所见

2018年4月7日

春风正欲画新图,谁料天饕万物枯。
庄户人家何处怨,田间复把旧犁扶。

郊 游

2018年4月7日

清明初雨后,携侣伴春游。
兴自田间走,困随岩下留。
清风吹向面,霞照落山头。
彩蝶穿襟袖,黄禽越壑丘。
复生松柏翠,泛绿苜蓿稠。
万物欣欣然,焉能思旧愁。

冻雪后惜永国花卉园

2018年4月8日

辛苦经营谨护持,百花千卉最怜之。
清明却降寒冬雪,满院芳菲一夜衰。

冻雪后定西湖

2018年4月8日

毕竟晴明四月中,景华无碍乱狂风。
俏皮柔柳轻梳水,游戏时禽半掠空。

蝴蝶兰

2018年4月10日

友人持赠蝶兰花,款款悠悠落我家。
两度为开犹振翅,三秋日日共朝霞。

戊戌春

2018年4月12日

寂寂无花事,靡靡忧我心。
黄沙才送去,霜雪复相侵。

春 寒

2018 年 4 月 13 日

天气向来多异端，沙尘霜雪溯春寒。
果蔬新嫩折园圃，桃杏才开伏栅栏。
瑟缩雏禽飞不起，哀愁老犬蜷成团。
一年初始且如此，生计徒增几份难。

登 高

2018 年 4 月 13 日

晴明风日好，独自上高峰。
远近山河静，横空穿巨龙。

注：巨龙指动车。

四月二十日寄洮缘姐妹

2018年4月20日

今日恰逢谷雨，岁月流水几度。
五十回首去路，总是时甜时苦。
周君乐业如故，苏子乒乓兼顾。
崔士文采泉注，黄妹轻踩舞步。
我亦甘之若素，闲来寻章断句。
感念岳麓相遇，岁月年华莫负。

过通渭秦徐公园

2018年4月23日

南屏重掩意如初，幽径回廊吟惋欷。
越事千年遗韵在，故乡依旧念秦徐。

窗前幽花

2018 年 4 月 23 日

冬去春来一角开,幽香不见蝶飞来。
新妆粉面独朝外,说与晚风犹自哀。

旅次剑门客栈

2018 年 4 月 30 日

日暮林空静,山高古月明。
深眠未知晓,云雾里鸡声。

游剑门关

2018 年 5 月 1 日

一曲长歌下四川,挥旗直上剑门关。
疾风吹石暗声动,犹听铁师横踏山。

五四节逢末春

2018 年 5 月 4 日

芳春何烂漫,毕竟去流年。
黄鸟鸣枝老,杜鹃啼月怜。
莫愁绛英落,当喜碧荫连。
把酒祝华岁,顺时方自然。

驱车赏临洮牡丹

2018 年 5 月 13 日

自古娇娆地,牡丹名更高。
轻车随自驾,一路向临洮。

母亲节女儿寄花

2018年5月13日

百合花儿开，吾儿寄意来。
一只百灵鸟，清脆鸣窗台。

携友临洮赏牡丹

2018年5月14日

千态百姿如画描，人间哪得此逍遥。
画栏曲径徘徊晚，日暮斜阳花更娇。

题韩荃林局长家菜园

2018年5月15日

夏日风和雨乍晴，韩家园圃菜初成。
闲来少长皆从力，如是般般耕种情。

忆旧时

2018 年 5 月 16 日

遮阳草帽薄衫凉,麦气薰风幽草香。
日暮牛羊归圈后,田间犹见我和娘。

即　事

2018 年 5 月 18 日

常羡携诗去远方,驱车劳顿路长长。
蓦然回首门前苑,春去花飞已不芳。

初夏园中

2018 年 5 月 18 日

雨过初晴后,叶稠花已稀。
林空独看久,苍翠滴人衣。

无 题

2018 年 5 月 19 日

俗世犹能造化人，官场深浅见其身。
修身养德广谋事，附势攀名拜路尘。

捡花乐

2018 年 5 月 22 日

蝴蝶兰娇不易栽，栽成几度却能开。
时人不解花之性，抛却尘边我捡来。

题甘肃安监领导赴江西学习考察

2018 年 5 月 3 日

安监将帅向南行，重上井冈心未平。
星火燎燃功业梦，高山共听纵歌声。

感 怀

2018 年 5 月 27 日

天气违常四月寒，病身难抵少余欢。
晚来窗牖打风雨，愁坐昏灯影里看。

视频见新疆狂风沙

2018 年 5 月 29 日

黄沙巨浪盖天来，风卷行人倒似荄。
蔬菜大棚飞絮片，天山脚下又成灾。

芍 药

2018 年 5 月 30 日

牡丹谢却叹流芳，芍药伺时开苑香。
莫道此花无格调，如今众里独称王。

戊戌雨灾

2018年7月12日

霪雨连天久不开,房倾路陷积成灾。
田间熟穗又芽绿,一季辛劳化土灰。

晨　望

2018年7月13日

岚烟缭绕托山轻,日出浓云暗复明。
可是今朝还雨未?东梁层树列如兵。

观看电影《我不是药神》感怀

2018年7月15日

谁道人间有药神,药神难料救穷贫。
潸然泪下坐长起,愤指豪强心不仁。

定西湖上行

2018 年 7 月 16 日

晴明初雨后,最爱岸边行。
天蓝浮野鸭,树绿唱流莺。
曲径依情侣,凉亭颂读声。
文明多细节,故里蕴长情。

山乡画

2018 年 7 月 28 日

胡麻花紫麦金黄,玉米流光茎叶长。
南北山坡织如锦,一年劳作岁时望。

城市清洁工

2018 年 8 月 4 日

道旁多草花,荫下小箱车。
手把长笤晚,无声扫落霞。

驱车腾格里沙漠所见

2018 年 8 月 14 日

浩瀚黄沙浪里行,长风打面百年声。
抬头却见水洲绿,一户牧人将我迎。

咏大漠古沙枣树

2018 年 8 月 15 日

远离村落去尘朝,大漠荒烟独一标。
伴得千年明月在,相逢远客说妖娆。

闻志逸书法作品入展甘肃张芝奖及诸友成就

2018年8月31日

枝头苹果地头瓜,秀木出林皆可嘉。
白发休生人未老,铿锵意气指天涯。

晨练八段锦遇

2018年8月31日

凝神收势罢,身后掌声随。
白发阿婆笑,自言同爱之。

偶　感

2018年9月15日

寒露涤青枝,平生耽与诗。
写诗头发白,未必别人知。

公 园

2018 年 9 月 10 日

才逢淑气对朝阳，又到暮烟凌晚霜。
冷露寒风揉挫罢，再看秋色韵悠长。

戏智有进修

2018 年 9 月 11 日

朝朝枯坐讲台前，犹听先生口若悬。
肠里鸣空腹中满，何时换得稻粮钱。

观机关篮球比赛

2018 年 9 月 16 日

金秋声飒飒，骁将战犹酣。
捷报未曾断，才传又二三。

观书有感

2018年9月21日

书生自古尚轻狂,又羡侯王又斥王。
八斗高才难自处,一腔情绪著文章。

小　园

2018年9月22日

无思园树下,雀鸟落枝前。
一只还三只,啾啾啼晚烟。

感　秋

2018年9月30日

人生岂似春花好,鬓发萧萧秋野草。
纵使风霜雨不侵,无情岁月催人老。

金塔胡杨林

2018年10月3日

金色波澜浅浅水,迷离倒影仙宫里。
沉沉醉去不知醒,多少机缘能到此。

九月九日

2018年10月17日

满目阶前落叶黄,西风飒飒甚秋凉。
不知清气自何处,推牖飘来晚菊香。

晚秋二首

2018 年 10 月 22 日

（一）

不道纷纷黄叶落，相怜数片尚留枝。
盘山问路夕阳晚，收取霜残半把诗。

（二）

霜青月白菊花残，彻骨西风夜夜寒。
唯恐那枝黄叶落，偷闲向晚又来看。

秋　词

2018 年 10 月 23 日

病身难耐朔来秋，复困寒檐无尽愁。
忽闻窗外南飞雁，恨不携将与共俦。

和兆辉戊戌秦州菊花节

2018 年 10 月 23 日

紫冠黄甲满秦州，何日乘风从远游。
览尽人间奇绝色，纵无功业也风流。

附：

戊戌秦州菊花节

杨兆辉

2018 年 10 月 23 日

乍淋骤冷入清秋，平野稀疏山岭稠。
何处明花纵驰逸，秦州城里尽陶囚。

智有诸同学登山有寄

2018 年 10 月 23 日

闲来携友上西山，枫叶如丹秋草间。
随意芳华霜去尽，逍遥我自咏歌还。

晚秋登高

2018 年 10 月 24 日

平明澄澈上高楼,远树萧萧接素秋。
风泛眉梢清入骨,空心一片与天浮。

题丽芳夫妻旧照

2018 年 10 月 24 日

那时依立北桥头,梦里何曾念及秋。
还是年轻时候好,桃花春水荡轻舟。

与诸好友失约

2018 年 10 月 25 日

拟同明日赏金秋,踏碎年来若个愁。
无奈怯寒身累疾,劳心去去一时休。

附：

西江月·示惠琴并祝早日康复

杨兆辉

最恼秋风侵略,尤贪把盏推移。
平时小曲不曾离,随调随哼随意。
谁料倚墙团坐,关心群里安危。
易安居士和歌奇,忧国忧民忧队。

蝴蝶兰花开一百八十日

2018 年 10 月 26 日

不是花痴亦爱花,常常屋角乱枝斜。
众芳摇落惜年别,唯有幽兰坐老家。

九月十九同学再聚永国宅院赏菊娱乐

2018 年 10 月 28 日

清秋明霁光，相约去南乡。
宾至皆归里，主迎齐济堂。
拨弦漫曲调，把盏醉杯觞。
小女沏茶水，贤妻盛食汤。
蜂勤犹采蜜，菊傲尚凌霜。
此意谁堪比，山村别路长。

听延安南泥湾干部培训学院院长王东方延安精神视频讲座

2018 年 10 月 30 日

艰难困境锻精神，立世从来只为民。
无数忠诚魂铸就，洪钟惊醒后来人。

记勇奇友参加滨河集团书画活动出彩

2018年10月30日

玉液滨河起浪波,八方书翰聚烟萝。
酒香还与墨香共,满座兰亭意最多。

秦州银杏巷

2018年11月1日

树色秋光一道开,秦州北路秀成堆。
旗袍佳丽款行处,无限风情扑面来。

冬 临

2018年11月1日

霜风凄紧扫残妆,极目萧萧亦自伤。
又是悄然寒迫近,从来造物不商量。

思

2018 年 11 月 2 日

白发无妨临远楼,凭栏何必强言愁。
日身三省学人好,不负光华岁月稠。

读宋词有感

2018 年 11 月 3 日

大宋王朝多少愁,公侯迁客共登楼。
凄凄戚戚叹何尽,三百余年恨到头。

读

2018 年 11 月 4 日

窗明知夜雪,炉暖读佳诗。
到得动人处,分明花满枝。

观 雪

2018年12月10日

独立窗前飞雪晚,蒙蒙山色望还无。
楼南十亩园中树,素裹银装淡墨图。

吹 牛

2018年12月13日

劳想嫦娥奔月间,还思飞将破阳关。
信知世上无能事,唯向口边呈不闲。

戊戌国家公祭日

2018年12月14日

山河破碎任刀俎,七十年前国可存?
每到此时长下泪,神州一片悼亡魂。

小　园

2018 年 12 月 20 日

小园幽径久徘徊，雪掩残香漠漠苔。
雁去潇湘消息断，我心元不为梅开。

冬日休假江南陪小女

2018 年 12 月 23 日

冬雨沙沙云未开，生疏不见影归来。
蜗居斗室浑无事，闲坐窗前嚼海苔。

江南遇履贞友

2018 年 12 月 24 日

家山每共斟，临海听潮音。
千里犹能会，只因缘分深。

戊戌十一月十九父亲祭

2018年12月25日

二十二年漂泊孤,寒风瑟瑟旧庭芜。
梦中犹见容颜切,魂雁人间问有无?

戊戌冬月上海陪爱女

2018年12月26日

忆曾慈母伴吾赊,谁料如今我伴丫。
贫挤窄床犹觉暖,困居寒室亦如家。
青山不老连秦岭,白水向东到海涯。
生计从来皆不易,痴心未已对朝霞。

大学生上海谋生感怀

2018 年 12 月 27 日

地铁人潮皆后生,匆匆步履计前程。
本来多是外乡客,欲在繁都安下营。

城 乡

2018 年 12 月 31 日

少年才俊去他方,老妇衰翁守故乡。
城市喧哗隔村野,消除犹觉路漫长。

辞 岁

2019 年 1 月 1 日

软雪夜灯行,此心如水平。
回头壑蛇影,挥手不相惊。

元旦归途作

2019年1月3日

昨日辞儿去,今朝归老家。
行程穿两岁,随化不须嗟。

故乡又见喜鹊

2019年1月6日

曾是门前枝上邻,叽喳常报有来亲。
缘何一去无消息,长水高山想煞人。

同学病中有寄并祝早日康复

2019年1月6日

斜欹病榻亦茫然,创业艰难岁岁年。
纵使拼回钱百万,终归袅袅化春烟。

寄存来画家

2019 年 1 月 10 日

那时同学正风华,起舞飞歌到日斜。
一别流云三十载,丹青犹自独开花。

戊戌岁末吟

2019 年 1 月 13 日

烟收积雪明,霁后向高城。
看遍山和水,别时风袖轻。

同学聚会

2019年1月21日

同学似清泉，向来多记牵。
腮红生趣事，鬓白忍相怜。
举酒迎华岁，纵歌忘逝年。
愿时长以好，身泰可翛然。

赞群旗手金霞

2019年1月25日

家有成规群有仪，言谈行事尽相宜。
平常女子亦担责，日日清晨升大旗。

树彬同学捐款襄南古调今韵社见赠

2019年1月25日

商海炼丹心，故乡情更深。
丈夫多义气，一诺撒千金。

幼师同学玉梅钟情书画寄赠

2019年1月28日

一片童心未掩才，丹青翰墨写将来。
他年回看岭头上，处处花香俏玉梅。

为乔居烟台慧云同学作

2019年1月28日

运命人生未可猜，穷洼飞渡紫烟台。
舞姿摇曳轻腾浪，笑口常欢比老莱。

戊戌小年并诗作收录家乡诗集

2019年1月29日

可道今宵恰小年，微诗几首喜收编。
诸神报与上天好，万事人间皆泰然。

贺新时代通渭诗词精选出版
并喜迎己亥新春二首

2019年1月30日

（一）

秦徐遗韵在，于此独清芬。
高古情回荡，乘风逐白云。

（二）

山原积雪皑，诗国报春雷。
一夜奔相告，八方齐举杯。

喜闻苏君彩蓉晋升高级职称

2019年2月4日

岂是师园娇女生，才情容貌压群英。
唯将心血付童稚，不负晚来功与名。

己亥除夕逢立春

2019年2月26日

新春坐旧年，亥岁莅明天。
倾满杯中酒，今宵当不眠。

春　雪

2019年2月27日

已道江南桃竞华，未闻陇上草生芽。
天公有意横青眼，山野平畴撒雪花。

寄 怀

2019 年 3 月 5 日

寒去西山云影开,倚楼谁寄锦书来。
丝丝心事托明月,待到花时醉一回。

春日随感

2019 年 3 月 8 日

手执一杯酒,临窗照暖阳。
风枝生乱影,始觉日初长。

垄上行

2019 年 3 月 8 日

西山漠漠草犹凋,残雪斑斑冰未消。
迎面风寒吹不适,东君来处路迢迢。

随　感

2019 年 3 月 14 日

攘攘我何干，去私心自宽。
系情高树上，独酌月明欢。

有　感

2019 年 3 月 21 日

朝观春雪穿庭树，暮看斜阳卧远梁。
诸事若逢皆喜乐，不须公正立东墙。

夜　读

2019 年 3 月 26 日

残灯耿耿未成眠，挹取新书藉枕边。
一阕清词青玉案，相知聊以慰华颠。

答兆辉归群诗

2019 年 3 月 28 日

君思我来我思君,琴弦未启意犹闻。
只因琐事常纷扰,待到心平好入群。

附:

思惠琴归群

杨兆辉

与君诗话拧平仄,对掐从来率性存。
着意抱琴君不肯,应知怜惜土行孙。

春 半

2019 年 3 月 29 日

三春时过半,才见碧桃开。
借问远行客,佳人几日来?

安定知县许铁堂

2019 年 4 月 5 日

万里飘零西北望,三年知县月和霜。
奈何埋骨东山下,今日犹思许铁堂。

魂 归

2019 年 4 月 14 日

序:闻四川凉山木里森林火灾扑救牺牲之定西岷县籍烈士赵耀东骨灰四月六日迎归故里,感而有作。

魂归故里正清明,十里长街悲泪声。
从此二郎山脚下,双双白发伴黄荆。

春游十一首

2019年4月18日

（一）

一树绯桃一树花，杏花开处是人家。
门前新妇田园里，小帽春衫正种瓜。

（二）

春风浩荡纵无涯，开遍山塬野岭花。
乘兴冶游随细雨，余香满袖日西斜。

（三）

老杏门前竞万花，主人含笑漫心夸。
曾经树下青牛卧，今日堂然停轿车。

（四）

才记秋时赏叶黄，春潮已欲嗾人狂。
一株老杏山坡上，待我还来乘夏凉。

（五）

杏花生性与民同，宜长宜栽庄院中。
青白淡红皆自适，阿翁稚子笑春风。

（六）

山里杏花盛开，我从山里归来。
甚事欢歌笑语，云儿小鸟能猜。

（七）

赶着杏花盛开，我要天天出来。
看看田园春色，白云飘过几回。

（八）

杏花褪尽残红，田麦郁郁葱葱。
一夜春风好雨，潇潇信步山中。

（九）

一场风雨后，满地尽衰红。
可惜不留住，香魂飘散中。

（十）

春日花如海，犹偏爱杏花。
风霜枝劲健，生长近农家。

（十一）

天地存宏德，逢春赐岁华。
朝朝看不尽，直到日西斜。

遇主人庭院春蔬

2019 年 4 月 19 日

春院小葱青欲滴,垂涎未已难为敌。
笑夸老媪手机新,微信支钱依我摘?

新迁朝北暗室

2019 年 4 月 24 日

陋室昏昏如梦间,东阳无赖照西山。
诗书一册耽佳句,就里分明风月闲。

紫丁香

2019 年 4 月 25 日

参差满苑紫丁香,更见妖娆开路旁。
香雾迷蒙人欲醉,山城紫艳欲称王。

三月十六日世德家曲友会乐

2019 年 3 月

春风花正芳,旧友约庭堂。
群鸟欢修竹,雏蛙鸣短墙。
三弦轻捻拨,四瓦引铿锵。
纵使身千里,未忘是故乡。

养盆花

2019 年 4 月 28 日

娇花亦解竞春天,对牖迎风泛紫烟。
佳卉还须我栽植,朝朝暮暮共陶然。

喜石玉、毛毛兰州登台演出及数同学晋职事业成

2019年4月28日

台上问谁人气高,窈窕女子美毛毛。
台上问谁更曼妙,石玉神韵逐云霄。
游刃有余竞事业,风流巾帼试今朝。
人生天命知何惧,八六女师话妖娆。

炸　雷

2019年4月28日

深夜一声雷,高楼炸欲开。
信知未行恶,幽梦复归来。

随 感

2019 年 5 月 5 日

春去匆匆未可留,痴人苦苦欲何求。
此生最是蹉跎恨,无故无缘白了头。

五一再聚永国府中

2019 年 5 月 10 日

春有牡丹秋有菊,田园清趣画图中。
每邀同学庭中坐,暖意融融如沐风。

初夏襄南师生乡友小曲乐

2019 年 5 月 13 日

师徒相看尽苍颜,将唱乡歌贪小闲。
起越背宫多古调,清泠泉水落山间。

夏　梦

2019 年 5 月 16 日

斜日铺长野,轻风拽远林。
百花唱蜂蝶,群鸟奏瑶琴。

沙尘肆虐

2019 年 5 月 16 日

雾瘴久盘居,人间畏疫病。
何来万里风,一扫乾坤净。

狂沙后喜见牡丹

2019 年 5 月 17 日

黄沙归旧府,空里净无尘。
国色临天下,雍容惊煞人。

请兆辉诗

2019 年 5 月 18 日

无诗羞见牡丹开,相约兆辉题案台。
诗好花香酒浓酽,再邀明月并将来。

附:

答赠惠琴

杨兆辉

陇上牡丹新绽红,娇姿芊媚倚东风。
幽人青眼倾相望,怎赖雨帘遮雾瞳。

答兆辉

2019 年 5 月 19 日

绿槐阴下坐,风起送香来。
槐近牡丹远,何香凭尔猜。

雨后小园

2019 年 5 月 19 日

夜雨如倾未入眠,黎明云散望晴天。
园中花木新装扮,串串珍珠腕上悬。

赠答永强学友

2019 年 5 月 23 日

敲窗细雨不思眠,谁敢空劳坐等闲。
佳境岂能长与我,留诗一首在人间。

晚游小园

2019 年 5 月 23 日

秀园余落晖,绕槛遍忘归。
花自知深意,清香沾我衣。

栀子花开

2019 年 5 月 24 日

江南栀子北方来,难耐冷寒花不开。
付得辛勤过两载,明星一朵耀窗台。

致师范同窗周丑环

2019 年 5 月 30 日

一张床铺卧三年,入对出双齐并肩。
剩了身前余后事,知须半句抵心田。

野兄、金霞、勇奇、芳玲等众同学凤城相会

2019 年 6 月 2 日

缘深不在相期早,密叶浓枝晴正好。
开怀共饮话同窗,笑脸斜看认发小。

山　村

2019 年 6 月 9 日

仲夏向村游,鸟啼深树幽。
山沟底渊处,一股水泉流。

高压线栖鸟图

2019 年 6 月 10 日

六弦横古琴,高调少人吟。
几只时髦鸟,凌空奏好音。

无名花

2019 年 6 月 14 日

无名小野花,随我且安家。
岁岁窗台下,花开映绿纱。

通渭山场小曲会

2019 年 6 月 14 日

乡歌唱罢晚来归,但见天边余落晖。
山寺古松频举手,道旁斜柳尚牵衣。

病　愈

2019 年 7 月 8 日

弱病几余年,求医恨费钱。
今将除却去,背手看春烟。

坟

2019 年 7 月 15 日

坟上生蒿草,生前身后了。
纵令千万般,人世知多少?

自嘲二首

2019 年 7 月 19 日

(一)

悠悠红日上东山,清水瓷盆开素颜。
店铺路旁汤一碗,从容步履点朝班。

(二)

案头无碍自神闲,好在有无轻重间。
小曲咿呀哼到晚,半轮新月挂枝湾。

读苏轼诗词

2019 年 7 月 21 日

读罢东坡气荡然,此心遥寄越千年。
一蓑烟雨平生任,云散月明凭海天。

致定西教育学院老朋友

2019 年 7 月 22 日

正是风华正茂时,黉门谢罢作人师。
室空搭灶开新火,院静筑台争旧棋。
兴致通宵观足赛,多情终日悦芳姿。
相逢当满杯中酒,不道风尘两鬓丝。

雨后花

2019 年 7 月 29 日

园雨洗新容,娇花带露浓。
倚栏无限意,待与故人逢。

致蒋志仁先生

2019 年 7 月 30 日

倔强性情犹可人,爱妻清婉总依身。
半生执检公家事,边塞铜城赞志仁。

花开喜

2019 年 7 月 30 日

最是销魂花半开,诱人香气入窗来。
心闲偏爱凡花草,意兴不空清酒杯。

惠珺西行探险

2019 年 7 月 30 日

吾家小妹自英姿,敢与男儿一比之。
七月行征古西域,风情大漠会雄奇。

夏　日

2019 年 8 月 4 日

独坐林荫下,依稀是主人。
软风亲我面,芳草秀衣身。

原　上

2019 年 8 月 6 日

上野翩翩蝴蝶飞,和暄薰气逼胸扉。
须知到得更深处,山谷繁花漫四围。

随　感

2019 年 8 月 11 日

昨日黄花去，今朝霜叶红。
此心如止水，独立对秋风。

村　日

2019 年 8 月 12 日

豆荚黄瓜满架香，门前疏柳沐晨光。
阳婆暖暖窥庭院，越过篱栏到客房。

田园歌

2019 年 8 月 13 日

一手馍馍一手瓜,
岁月芝麻并蒂花。
有朋自远来相问,
门前踏叶迎到家。
黄瓜一筐馍一箩,
欢欢乐乐唱起歌。
一直唱到太阳下,
廊檐台上数星河。

壶口瀑布

2019 年 8 月 18 日

千军万马一无前,隘口夺关奋勇先。
险阻重重何所惧,怒涛声吼震穹天。

过庆阳市广场瞻望不窋塑像

2019年8月19日

从来厚土筑粮仓，更有民风教化长。
董志塬人追旧德，不窋雕像立中央。

过六盘山

2019年8月21日

越上六盘山，西风迎我还。
漫吟歌古调，浩气自胸间。

山西灵石王家大院二首

2019 年 8 月 26 日

（一）

通商重学复朝官，三百年间荣且安。
画栋雕梁城一座，雄奇留与后人看。

（二）

富是积余穷是浪，从来人物静深藏。
君看王氏重重院，多少机缘见此方。

秋

2019 年 8 月 26 日

未觉夏荫长，已知秋雨凉。
明堂惊晓镜，鬓角又添霜。

感 时

2019 年 8 月 28 日

四季光阴似水流,何须计较早来秋。
偏偏连日萧萧雨,滴破曾经一段愁。

山 居

2019 年 8 月 28 日

云合雨霏霏,岭头黄叶飞。
数声山雀远,向晚牧人归。

蜂

2019 年 8 月 30 日

自春忙到秋,劳碌未曾休。
风雨但无阻,问言何事谋?

云 想

2019年9月1日

平生无嗜好,最是踏云游。
遗却凡间事,浪中得自由。

秋 兴

2019年9月3日

谁道秋来易念空,乾坤造化用功中。
满天霜露萧萧下,万里山河一片红。

过牛营大山

2019年9月26日

眼前风景匆匆过,为约爱人随我来。
携手斜阳峰顶上,同看一片晚霞开。

乡下友人家

2019年10月1日

进得农家满院香,垂枝硕果泛秋光。
更怜丛竹中庭好,群鸟归来噪夕阳。

旅途口占一绝贺同学贵萍公子成婚

2019年10月2日

欣逢国庆锦添花,博士高才娶进家。
谁似贵萍多福气,明年只待抱孙娃。

读古人诗感怀

2019年10月5日

东风好去复西风,江海沉浮烟浪中。
情到深时成一笑,古来人事总相同。

看儿上海蜗居嘲

2019 年 10 月 8 日

左墙茅厕右墙花,八尺平方一个家。
人道外滩天样大,吾儿却似角池蛙。

寒

2019 年 10 月 9 日

一季芳华不可留,寒风瑟瑟已深秋。
此身难耐三更冷,唯愿般般待我柔。

感 秋

2019 年 10 月 13 日

春去秋来岁月长,蹉跎一任少年狂。
忽闻一夜西风起,满地惊心落叶黄。

戏盆栽石榴秋日开花

2019 年 10 月 14 日

年来未有花消息,寒月红裙著甚奇。
愚钝不开如我是,未知时令早过期。

乡友英年遽然离世相送

2019 年 10 月 14 日

云归何渺茫,儿哭断人肠。
独对西风立,吹寒泪两行。

隐括勇奇秋到金城词

2019 年 10 月 17 日

草径露华浓,乱山无数重。
凉风吹老柳,河岸少游踪。

醉秋色

2019 年 10 月 20 日

焰是郊原火是山，红云碧水共缠绵。
霜风冷露策谋久，只为持秋一醉天。

网上观秋景

2019 年 10 月 21 日

已是浓秋霜景华，欲行难及路遥赊。
斜欹衾枕高床卧，方寸银屏空自嗟。

观雁阵南渡秦岭

2019 年 10 月 24 日

一去长天下，遥遥万里移。
云流横绝塞，人字阵相随。
秦岭峡开道，陇鹦殷寄辞。
仰观无不敬，切莫以伤之。

霜降雨雪

2019 年 10 月 30 日

初雪含羞旋去踪，桃枝柳干润滋中。
纷纷霜叶飘摇下，疑似暮春花坠红。

寄赠王芳玲、田培红诸少时同学感其发奋改变自身家庭之命运

2019 年 10 月 30 日

常记儿时苦岁年，饥寒无奈伴愁眠。
山村女子自多志，能使门庭光耀天。

戏俩老同学相会平川

2019 年 11 月 1 日

长风千里入平川，杨柳堤湖舞翩跹。
坐看鸳鸯闲戏水，层层细浪飏云天。

随　感

2019 年 11 月 3 日

但说冬来万物藏，那堪衰叶没青霜。
明年春草又生发，却不知今那片黄。

小 园

2019 年 11 月 3 日

门前落叶深,树上坠黄金。
且摘两三把,慰吾迟暮心。

过友人福台小区门前

2019 年 11 月 7 日

渐觉门前秋意浓,斜阳落照映花红。
忽知数月未相见,应是福居高阁中。

立 冬

2019 年 11 月 12 日

谁负光阴到了冬,繁花浓叶去无踪。
还须抖擞精神气,大雪纷纷看劲松。

风中行

2019 年 11 月 12 日

从来风雨路中行,山一程还水一程。
未历摧心三两事,焉能以笑对余生。

定西湖

2019 年 11 月 15 日

最爱堤湖柳下行,婆娑倒影弄新晴。
西山水静云峰近,野鸭时鸣三两声。

枯　冬

2019 年 11 月 17 日

谁握王权天地中,推移时序使神功。
无声子夜青霜令,木叶纷纷伏北风。

故里行

2019 年 11 月 18 日

驱车百里故园行,万木萧条堪欲惊。
略喜西头山顶上,流霞一片浸空明。

冬日喜见盆栽石榴结子

2019 年 11 月 20 日

已是隆冬朔气寒,兹花且莫等闲观。
红袍大氅枝头卧,要结石榴于我看。

省书法家协会会员令勇奇、陈志逸为通渭什川山坡村捐赠书法作品有寄

2019 年 11 月 26 日

肩担道义著文章,真性何须逐利忙。
八十幅余虬笔作,一挥慷慨赠山乡。

秦嘉、徐淑故里诗心女子红霞雪中观景

2019年12月8日

清婉一佳人，山城雪后新。
南园晨影里，似欲出凡尘。

随　感

2019年12月12日

门前老树恋栖鸦，误把他家认自家。
寂寞人生身后影，暗随流水到天涯。

十六望月

2019年12月14日

澄澈云河未减辉，盈盈萌眼似相依。
人间世事若看遍，亦带几多惆怅归。

岁 暮

2019 年 12 月 18 日

岁暮年关百感生，老来能事竟无成。
病身敲卧索延久，窗外钟声数数惊。

次韵崔淑红自乐诗

2019 年 12 月 19 日

闲来对月可吟诗，书罢临风清露滋。
生世无非真自在，何人敢道汝愚痴。

附：

自 乐

崔淑红

天命之年遇古诗，挥毫泼墨乐滋滋。
但求无限夕阳好，休管他人笑我痴。

通渭女诗人阵群

2019 年 12 月 20 日

古韵新风一域开,山城女子自多才。
娟娟情思清溪水,萦石绕峰高处来。

读杜甫诗

2019 年 12 月 22 日

夜读杜公诗,哀哀心意迟。
辉光干气象,潦倒落伤悲。
野旷江河去,天寒星月垂。
生民频丧乱,疾苦几人知。

抱病己亥冬至

2020 年 1 月 17 日

穿户晴光分外明,方知今日始阳生。
精神还欲自当复,藉得至时身太平。

新春儿归

2020 年 1 月 18 日

望眼苍山霜桧根,一年甘苦且休论。
喜除旧岁迎新到,儿与春风共入门。

示儿辈

2020 年 1 月 21 日

逝水光阴永不回,焉能枉自久徘徊。
青春要得风流竞,岂负韶华空举杯。

鼠 年

2020 年 1 月 22 日

庚子平添憎列强,鲸吞赔款国沉亡。
百年积弱终过往,十四亿人同小康。

新 年

2020 年 1 月 30 日

天送一年华,堂添两束花。
客来相对坐,细火煮清茶。

鼠年春节

2020 年 1 月 30 日

春日疫瘟犹未除,欢欣未及却愁余。
关门闭户往来少,正合全家静读书。

庚子生日

2020 年 2 月 15 日

生于丙午正年关,亥去子来犹往还。
但自食衣崇以俭,羞将酒肉垒如山。
登高空喊三声泪,到底无闻一唤环。
疫疠复由南地起,人间苦难总般般。

庚子春疫情蜗居

2020 年 2 月 22 日

天灾何以胜人灾,失色神州究可哀。
花蕊不知愁恨苦,春来犹倚早窗开。

网上见淮北牛先生赏梅寄赠

2020年2月27日

淮上春来早,先生轻取道。
岭头借梅花,相问身安好。

春　雪

2020年2月28日

转脆雀禽啼数声,回头但见树生青。
莫嫌飞雪春来晚,久置犁锄盼雨耕。

题片雪轻触春芽图

2020年2月29日

晶莹六出花,仙坠自天涯。
何处销魂最,芳唇吻绿芽。

疫灾蒙古国援助中国三万只羊

2020 年 3 月 3 日

如水流云穿过疆，此间情谊比天长。
古来试问何为美，鞭指笑看肥大羊。

心 室

2020 年 3 月 4 日

晴窗一扇向天开，云影日光时进来。
但使朝朝勤洒扫，莫教心室落尘埃。

晨 兴

2020 年 3 月 8 日

雨过平野静，寥落数星明。
轻踏霜晨月，清凉国里行。

堂妹军林妹夫广远相伴云游

2020 年 3 月 14 日

家妹喜逢如意郎,清池一对好鸳鸯。
平川漠漠林开广,潇洒相从向四方。

老　屋

2020 年 3 月 16 日

曾是双亲泥垒房,寒门三代喜同堂。
爹辞娘去庭前冷,徒使孤儿别泪长。

春雪词

2020 年 3 月 16 日

飞花片片大如席,蔽野遮山驰不息。
天明乘兴访西山,山径雪深齐过膝。

探春花

2020 年 3 月 24 日

燕子几时还,回头山外山。
春思关闭久,急自向人间。

庚子仲春

2020 年 3 月 26日

风扫阴霾去,山山转翠微。
众蜂饥影瘦,急向细花飞。

桃 园

2020 年 3 月 27 日

时人尽道春潮美,美在桃花源底里。
红雨滴香犹著身,黄莺啼婉亦清耳。
高低云树礼相垂,远近市朝尘不起。
何事人间劳苦求,年年只可期来此。

盆养紫菊

2020 年 3 月 30 日

临窗香紫菊,怀抱等闲身。
感念常相伴,回头知应人。

漫 兴

2020 年 3 月 30 日

回头栀子看花开,席地高杯倾酒来。
正是春潮风物兴,人生快意复何哉?

陌头花开

2020 年 3 月 30 日

陌头花已开,缓缓故人来。
我有一壶酒,春风共引杯。

别三月

2020 年 4 月 1 日

时光不为少年留,抛却烦忧忘却愁。
四月风华陇上好,杏花春雨满枝头。

四月天

2020 年 4 月 3 日

草长莺飞红树连,呢喃燕子画梁穿。
佳人才子暗相许,最美人间四月天。

对 雪

2020 年 4 月 6 日

世事纷纷扰未休,雾花云月使人愁。
不如飞雪从天降,只与人间清白留。

访大姨旧居

2020年4月6日

翻山渡水路遥遥,不见当年小石桥。
昔日故亲零落久,杏花开处尽萧条。

对 花

2020年4月7日

手持茶一杯,林下看花开。
无复心机在,悠然真意来。

市应急先锋队春季植树

2020 年 4 月 9 日

薛家梁上一杆旗,应急队员车马驰。
挥汗铁锹涵厚土,植栽松柏颂新姿。
春雷阵阵时催雨,嫩柳依依当赋诗。
且待他年来此地,满山披绿鸟鸣枝。

驻村干部犁地春耕

2020 年 4 月 12 日

阳和三月柳梢春,竭尽要帮民脱贫。
双手扶犁行步稳,阿谁认得读书人?

什川梨花

2020 年 4 月 15 日

梨花千树雪,美煞一年春。
只恐匆匆过,回看老了人。

连　翘

2020 年 4 月 16 日

遥看西园满树金,摘来能否换人心。
人心若不黄金换,尧舜犹能活在今。

风雨人生路

2020 年 4 月 17 日

风雨人生路,何妨笑举觞。
一杯敬过往,从此不彷徨。

山　村

2020 年 4 月 20 日

新禾夜雨润朝暾，野老相逢一笑温。
深径疏篱黄犬卧，山坳深处杏花村。

陇上短题兼寄淑红

2020 年 4 月 20 日

莫道晚来春，才开气象新。
繁花笼四野，无处不精神。

忆故乡月

2020 年 4 月 28 日

孤轮皎皎照中天，不夜田园笼夕烟。
坡路村头灯火静，无声送我到门前。

海棠二首

2020 年 5 月 5 日

（一）

应是丽人妆出宫，从容娴雅倚东风。
复看天际明空处，一片云霞照彤红。

（二）

明皇帐下独倾情，苏轼笔端幽恨生。
且藉春风了相看，方知绝艳处无声。

病中闲吟

2020 年 5 月 6 日

身衰未觉春风暖，物秀还知夏气凉。
时律凭谁留得驻，隔阴闲看蜜蜂忙。

回 乡

入世何曾为等闲,历经风雨只苍颜。
路遥时念生身地,自在如来庙下湾。

注:庙下湾即作者出生地。

寄 情

2020年5月8日

已是山花烂漫时,余香满袖漫嗟吁。
人生总恨知音渺,水阔山长寄与谁?

别 春

2020年5月11日

春去随他莫惜留,何曾见得水西流。
落花不怨风吹雨,该到休时自是休。

致定西教育学院 89 级中文学子

2020 年 5 月 14 日

笔墨丹青绘,壮行天下游。
讲坛高学士,个个竞风流。

丁香殇

2020 年 5 月 14 日

本是丁香满城时,一场霜冻花蕾尽枯。今年未见丁香花开。
牡丹勃发气扬扬,一物销声却反常。
运不济时寒雪降,薰风日子失丁香。

城中观牡丹思故园

2020 年 5 月 19 日

红尘紫陌满园栽,料得我家芳亦开。
寂寂院门空结锁,无人相看自低回。

牡 丹

2020 年 5 月 20 日

感动一枝花,婷婷倚树桠。
不唯开富贵,香满溢天涯。

花 露

2020 年 5 月 20 日

无声向小园,朝露苦晞暄。
一世一相吻,深情不待言。

风 花

2020 年 5 月 26 日

蜂踏风花落,一声惊断魂。
层层新绿处,红复几何存。

清唱通渭小曲

2020年6月1日

常闻击节气昂昂,素面平平犹上场。
但唱古今来去事,一台清戏识忠良。

途中惊闻东百里外通渭连遭雹灾

2020年6月5日

雷压滚云东,车行惊恐中。
故园报消息,稼穑化茅蓬。

病 寒

2020年6月7日

浓枝密叶杂芳丛,一朵闲云行镜空。
直欲投身迟日下,炙他肝胆尽通红。

芒种前遭遇雹灾

2020 年 6 月 10 日

遍野劫为滩，生民泪欲潸。
苍天不开眼，夺食半成间。

晨

2020 年 6 月 21 日

窗外雀儿啼几回，如烟晓梦忆青梅。
卷帘相语晴如许，缕缕清风入屋来。

偶　遇

2020 年 6 月 22 日

阴阴夏木纵天涯，行遍西山日未斜。
忽见风廊一枝绝，明皇忘了海棠花。

漫 兴

2020 年 6 月 24 日

四处寻花不见花,无情草树夕阳斜。
招摇月季堪生厌,春去渐行渐已赊。

网上观勇奇甘南所见

2020 年 7 月 2 日

夜幕星空下,华灯初上迟。
原民歌舞地,高域太平时。
北极旷怀恕,皇天荷物慈。
徐延行步久,皆可咏成诗。

渭源双石门

2020 年 7 月 19 日

石山谁劈两门开,放出清源入甸来。
水岸草丰平野阔,牛羊吃过北坡回。

晨起见时鸟光临窗台

2020 年 7 月 23 日

盆栽绿植小荫成,相置窗前养眼明。
林雀飞来枝上早,频啼清梦两三声。

和红霞雨后诗

2020年7月24日

上过南山又北山,两山相隔一城间。
清晨细雨寻云去,傍晚带花香自还。

附:

雨　后

何红霞

雨后南山格外葱,北山顶上雾蒙蒙。
炊烟袅袅未曾见,该向西来该向东。

友人游江南

2020年7月27日

连雨暑天风自凉,流连云影小池塘。
友人道我江南好,黛瓦白墙只水乡。

六月初六太白庙会秦腔戏

2020 年 7 月 28 日

六月初时麦子黄,乡人偷空会山场。
红尘紫陌人如海,吼唱翻过几道梁。

回故居

2020 年 8 月 8 日

晚景余晖增院贫,悄然犹似梦中身。
哺雏麻雀瓦檐下,独坐廊台想至亲。

暴　雨

2020 年 8 月 14 日

云衔猛雨待山前,开路炸雷冲破天。
倒海翻江倾个遍,余威复向郭西边。

通渭下乡途中

2020 年 8 月 17 日

初秋晴雨后，朝日出城东。
满谷仙云起，周山绿意葱。
黄芩添愿景，牛犊想年丰。
万众皆同力，小康成大功。

通渭书画文化艺术节大型演出因雨误

2020 年 8 月 18 日

雨脚如麻终未干，南园漠漠夜光寒。
天公不与画乡便，赚得时人空喜欢。

下乡晚归遇晴

2020 年 8 月 20 日

连天雨不干,泥淖出行难。
今日夕阳好,停车仔细看。

庚子暴雨

2020 年 8 月 23 日

今我不能歌,谁人捅汉河。
黑云遮日幕,白水泛船波。
居屋安偏少,行桥险且多。
生民长叹息,欲问上天何?

寄同行崔志强

2020 年 8 月 23 日

数得好心崔志强,文章争议动萧墙。
善良不是灵丹药,谋策方能用世长。

大排查大督查通渭扶贫

2020 年 8 月 26 日

秋来正是雨潇潇,三百官兵战未消。
何必贪图功与利,要教万户渡金桥。

回 乡

2020 年 8 月 27 日

东山登顶望,谙识岭梁间。
往事不能忆,乡音送我还。

襄南行

2020 年 8 月 28 日

东望石头边,风光绿满川。
倚空梁一道,客路出云天。

注:石头指襄南黑石头。

遇

2020 年 8 月 28 日

旧墙泥舍寒,老者一身单。
孤坐土台上,愁眉向邑看。

下乡遇

2020 年 8 月 29 日

八十老人犹种田,沉沉一担尚挑肩。
自言青壮营生远,唯有童孙伴晚年。

通渭李店镇种植金银花

2020年8月29日

秀木成畦栽满梁,富康原得运筹长。
醉人香气随风远,遍地金银收拾忙。

登 高

2020年8月30日

登高一望自超然,万里清风来面前。
未了红尘多少事,沧浪作笑化云烟。

见小妹登会宁桃花山遇晚霞满天

2020年9月5日

雨后上桃山,无桃心自闲。
云霞垂万里,贯绝孟秋间。

秋 声

2020 年 9 月 17 日

秋声飒飒落西园,唯有心思不可言。
犹恐矫情人道是,还将好月对清樽。

江 南

2020 年 9 月 17 日

秋半江南未觉寒,闲来聊自倚栏杆。
清愁还似林间雨,密密疏疏下不完。

读李白

2020 年 9 月 18 日

诗书闲处读窗前,长啸声中识酒仙。
直上扶摇九万里,惊魂妙语破青天。

光 阴

2020 年 9 月 22 日

落叶梧桐秋已深,白头何处不惊心。
阿猫嗜睡犹生恨,未解光阴寸寸金。

登北山

2020 年 9 月 25 日

乘兴还将访北山,无心赚得一时闲。
清风朗月何须买,放逐此身天地间。

中秋江南寄怀

2020 年 9 月 27 日

轻诵易安词尚柔,画阑开处冠中秋。
珊珊玉颗留香久,不见当年女一流。

寄 怀

2020 年 9 月 28 日

人生秋意莫深哀,对月清风洒酒杯。
睡起东方日方白,推窗放入桂香来。

应急队员为市运动会操练方阵

2020 年 10 月 9 日

秋风飒飒练兵场,且学青松凌雪霜。
但使官兵英气在,将于盛会助荣光。

外出二十余日归来见秋深

2020 年 10 月 11 日

来时寒意去时凉,万类欣然犹自忙。
木叶浑知霜露巧,还教点染换红装。

喜大弟又一淤坝完工

2020 年 10 月 12 日

欣于家弟筑堤源,事业功劳亦可论。
十六年华甘与苦,因缘此土有长恩。

菊

2020 年 10 月 19 日

寒花照日光,盈室吐芬芳。
醒骨清秋气,萧然入我房。

深 秋

2020 年 10 月 20 日

衾冷寝难安,遥看星月残。
纷纷黄叶下,昨夜又增寒。

园　梨

2020 年 10 月 27 日

庭院甘梨不染尘，含花育子女儿身。
堪怜霜后胭脂色，一季华容谢世人。

庚子秋雪

2020 年 10 月 28 日

冬君犹在阴山北，飞雪却从天上来。
飞絮琼花连万里，惜今无有谢家才。

黄叶辞树

2020 年 11 月 4 日

昨日抱枝头，阳光碧叶稠。
今朝辞别去，大化亦风流。

奉题作通渭五月雹灾得保险理赔

2020 年 11 月 21 日

正是田间望岁时,无情天帝断恩慈。
灾荒千里生民急,赖遇原君解困危。

庚子冬月小雪闻甘肃贫困县全部摘帽退出贫困县序列

2020 年 11 月 27 日

陇原千里雪花飞,闻讯频传捷报归。
甩去百年贫困帽,欣同盛世沐光晖。

华岭雾凇

2020 年 11 月 27 日

漫漫长冬病目枯,红消绿失欲何徂。
但闻华岭山头树,日日雪衣身不孤。

戏题石榴

2020 年 11 月 27 日

榴花老干新生子,满树合欢欣有馀。
莫道人间诸念尽,时来犹复梦如初。

室内菊花

2020 年 11 月 29 日

皆道菊花开傲霜,傲霜犹不久芬芳。
君看温室三枝秀,秋去冬来日月长。

大雪节吟

2020 年 11 月 30 日

台历漫翻无几余,年华频送奈何如?
无声大雪殷勤到,且卧北窗闲读书。

陇 上

2020 年 12 月 1 日

大雪纷飞冬韵长,围炉煮酒促诗行。
兴来可上高楼望,万里河山尽素装。

逢 雪

2020 年 12 月 2 日

冷寂无声草木枯,浓云密雾障金乌。
一场瑞雪从天降,聊慰吾心且不孤。

雪夜小区

2020 年 12 月 3 日

隔窗看雪花,高厦小人家。
对户寒灯影,无声夜读娃。

雪天扫路工

2020 年 12 月 3 日

依旧雪花飘,天寒身影摇。
口干人未歇,街路望遥遥。

和存来同学诗并题画

2020 年 12 月 3 日

飞雪数枝梅,虬龙恣肆开。
今朝重抖擞,谁敢斗香来?

风雪快递人

2020 年 12 月 6 日

铃声阵阵催,楼巷朔风回。
飞雪逐寒影,方知快递来。

冬日漳水见白鹭

2020年12月7日

漳水潆洄白鹭飞，武阳歌笑共朝晖。
贵清不减从来秀，还借雪花增翠微。

大雪吟

2020年12月9日

莫叹无百花，飞雪漫天涯。
总是人生短，何须憎暮华。

旗　袍

2020年12月13日

织锦旗袍复着身，欣知原是梦中人。
轻风曳地行香远，烟雨楼台不起尘。

农家小曲乐

2020 年 12 月 15 日

欣逢雪后放天晴,故友相邀东出城。
小曲农家人意好,新楼斜照里歌声。

题渭河源冰挂

2020 年 12 月 16 日

渭河源上叹奇绝,冰雪妆成明月阙。
仙子云君来好居,不须轻易言离别。

冬 吟

2020 年 12 月 21 日

雾霭沉沉久不开,阳和信子几时回。
青丝白发已非昨,漂泊我今留福台。

注:福台,定西城区地名。

漫 吟

2021 年 2 月 6 日

经年痼疾索于身,访尽郎中未解春。
几味寻常中草药,翻除却是枕边人。

友人赠花

2021 年 2 月 12 日

佳人赠我一枝春,芳意容容当自珍。
置此清香书案上,于无声处长精神。

大年初一游春

2021 年 3 月 7 日

元日寻春去,春风吹我衣。
冰河犹未解,依旧咏而归。

三八节致妇女

2021 年 3 月 12 日

春来杨柳发新芽,处处芳邻孟母家。
历雨经风自甘苦,灿然犹是一枝花。

春

2021 年 4 月 2 日

匆匆岁月人,且看满园春。
风静崇光好,花开日日新。

清明回乡遇雨

2021 年 4 月 11 日

夜雨自天涯,清明我及家。
晶莹三滴泪,长揖别桃花。

自 遣

2021 年 4 月 15 日

借他三断纸，写我两行诗。
莫道不清苦，就中唯自知。

无 题

2021 年 4 月 15 日

宏论不绝似长川，生计区区囧目前。
何日愁云尽消散，逍遥高枕到天年。

读李白

2021 年 4 月 19 日

狂客风流贺季真，长安惊见谪仙人。
哀叹终属白居易，薄命怜他眠石滨。

乡村见闻

2021 年 4 月 20 日

春风慵懒夕阳斜，老树门庭落杏花。
鸡犬不闻烟火冷，垂垂翁媪守残家。

四月二十日寄洮缘姊妹

2021 年 4 月 20 日

曾经意气识何愁，今日萧萧已白头。
三十六年云梦去，五湖烟里泛轻舟。

暮　春

2021 年 4 月 24 日

已是难堪近暮春，更兼风助雨来频。
凄凄娇面半含泪，零落纷纷愁煞人。

乡居二首

2021 年 4 月 26 日

（一）

连珠檐雨细方停，鸟雀掠窗鸣院庭。
缓起炉边茶已薄，掀帘可见远山青。

（二）

可堪俗务尽奔忙，壶小何妨岁月长。
一席蒲团平处坐，随心闲读好文章。

访南山

2021 年 4 月 27 日

千里共时间，一身梅映闲。
不知鸟归尽，依旧爱南山。

暮春沙尘又雨

2021 年 4 月 29 日

今春未得几朝晴,漫漫黄尘复雨行。
还待夏时朗日照,高荫树下大杯倾。

喜天晴

2021 年 4 月 29 日

清晨长啸上高台,襟抱三春今始开。
天帝收将云雾散,黎明遣送太阳来。

暮春游

2021 年 5 月 5 日

红雨飘零柳色新,微风小苑影随身。
有情芳草挽留坐,恋了时光忘了人。

荆州行

2021 年 5 月 16 日

三峡人家歌舞迟,西来行客动情思。
楚荆多少英雄梦,万里长江堪作诗。

遣　怀

2021 年 5 月 21 日

应知初夏气扬扬,心事翻如炭入肠。
可是忧愁前世鸟,今生处处伴吾旁。

忆游岳阳楼

2021 年 5 月 23 日

洞庭波起落君山,泪竹湘妃去未还。
迁客骚人云集处,一灯光焰照人间。

悼袁隆平先生

2021 年 5 月 28 日

苍苍天地意无穷,含类生存衣食通。
十四亿人皆腹饱,袁公烟阁记头功。

逢芒种兼悼袁隆平先生

2021 年 5 月 29 日

昔人行已去,但把稻粮留。
芒种心心念,镰开万顷畴。

槐花赞

2021 年 5 月 29 日

满树玲珑好看琅,迷天都是醉人香。
忆曾缺吃少衣日,果腹犹当四月粮。

生态园

2021 年 6 月 4 日

踏尽青幽仍未回,烟光淑气共徘徊。
园中新木参差绿,芍药槐花一并开。

小刺梅

2021 年 6 月 5 日

园中小刺梅,含笑向阳开。
原是风情物,纷纷彩蝶来。

芒种日之定西湖

2021 年 6 月 11 日

槐花风动落残香,湖水粼粼泛碧光。
朝市喧嚣声渐远,无为欲坐到天荒。

安全生产警示兴

2021年6月11日

万两黄金虽值钱,未如生命奏和弦。
黄金失却尚能得,生命何曾拂逆天。

夏　至

2021年6月15日

他人逐晚凉,我爱昼时长。
朗朗乾坤下,恶歧无处藏。

夏至白昼见月升口占一绝

2021年6月30日

千载光阴去未还,今朝又是至时关。
空中明月徘徊久,依旧残阳不下山。

致襄中学弟马啸

2021 年 7 月 4 日

知君亦爱诗,山远意相知。
日日书窗下,清声咏诵之。

胡麻花

2021 年 7 月 8 日

淡紫浅蓝轻似纱,平畴坡地拽朝霞。
山风掠起一层浪,体态仙姿向北斜。

伞

2021 年 7 月 27 日

诸事相逢总有缘,随身携伞奈其天。
才将炎日影中过,复与浓云雨里穿。

脚 伤

2021 年 8 月 4 日

寥落平生何所求,晚晴新雨上高楼。
却因脚软身无力,欲看斜阳不自由。

少年心事

2021 年 8 月 6 日

世人谁不爱葱青,爱到深时难为情。
明月春风浑不解,相思无耐到天明。

秋

2021 年 8 月 6 日

秋风草木黄,心事转荒凉。
不在辽河上,徒增两鬓霜。

观东京奥运乒乓球赛

2021 年 8 月 16 日

战车开过大江东,斩夺金银气似虹。
要得青云凌壮志,试看今日下英雄。

抒 怀

2021 年 8 月 16 日

攘攘市朝灯影忙,独倾杯酒共时长。
无情岁月人堪老,秋雁晴空又一行。

阴

2021 年 8 月 18 日

若雨等闲看急澜,若晴红日望云端。
一张大幕笼天地,日日不开何算盘。

闲 居

2021 年 8 月 23 日

江河击岸未回头,一叶从风便到秋。
旧业已随时并远,新欢尚待酒相酬。
远山斜照吊孤影,高树寒蝉抱独愁。
更把闲心存象外,此身轻履可云游。

寄 怀

2020 年 9 月 8 日

小城无耐闭高楼,坐听时轮碾过秋。
窗外西风吹暗雨,声声咽咽滴心头。

小城所见

2021年9月10日

夜暮昏灯下,山翁卖菜蔬。
竹编小方篓,带露秀如初。

教师节闻同学吴增麟退休有感

2021年9月12日

当时洮水映花颜,一别茫茫云海间。
今日闻君供职罢,月明犹照故人还。

读　诗

2021年9月18日

诗里古今事,窗前风雨声。
哀荣皆有限,高下与谁争。

读杜甫

2021年10月8日

闲吟未解杜公诗,但得解时心易悲。
乱世烟尘何所去,一生寥落作流离。

无　题

2021年10月11日

万物无非蝼蚁虫,只因思索不相同。
屈心若为蝇头利,愧作百年银发翁。

假日出游

2021年10月15日

消闲度远并,乐在雨中行。
连脚起波浪,去冠任纵横。
烟岚分复合,泾渭浊还清。
直指六盘上,无须归计程。

深秋寒雪

2021年10月16日

往来时序自相从,醉过金秋醒到冬。
阵阵奇寒深入骨,方知昨夜雪重重。

喜神州十三号载人飞船成功发射

2021年10月16日

夜深人未眠，举国望神船。
浩瀚星空下，英雄再问天。

见黄叶赏饮作

2021年10月19日

浊酒一杯心自欢，清蔬饱腹亦知安。
窗前留得黄金叶，不向他人白眼看。

牵　挂

2021年10月19日

秋深时雨雪飘零，黄叶风头落未停。
街口行人走将急，心忧衣薄独叮咛。

秋　园

2021 年 10 月 23 日

寒花兀自送残香，雨洗葱茏金缀黄。
倚树轻吟年岁浅，为秋浓烈为秋伤。

疫情问安故人

2021 年 10 月 25 日

闻道瘟灾扰比邻，蛰居方保不侵身。
隔屏相问堂中客，体健心宽睡美人。

晚　晴

2021 年 10 月 25 日

一抹秋光夕照明，轻车欲向那山行。
向来好景不长驻，更道人间重晚晴。

寄赠退任之友人

2021 年 10 月 27 日

人生不过一空篮，多少浮名徒自担。
朱绂终归奉将去，轻身便与酒歌酣。

赠同学老牛

2021 年 10 月 31 日

三春微雨黄莺闹，九月西风蟋蟀鸣。
记得同窗老知己，回头依旧百般情。

访西岩老杏二首

2021 年 11 月 12 日

（一）

一株老杏立山冈，劲健虬枝向太阳。
玉露金风堪作画，三秋独自颂辉煌。

（二）

落叶如金铺作毡，酣然一卧醉成眠。
明朝山雀呼醒我，世界婉然明丽天。

寄赠新疆诸小初中同学

2021 年 11 月 16 日

千里出阳关，卅年犹未还。
披沙生计苦，栽木落根艰。
明月度秦岭，长风接焰山。
时来皆向好，朝夕尽欢颜。

漫 兴

2021 年 11 月 17 日

白日流光步履匆,宜将风物入怀中。
梅花弄雪清长夜,余味三番更不同。

老 杏

2021 年 11 月 17 日

老杏秋深一树枫,扫妆随意夺天工。
山川壮阔自成就,傲视群材挺立中。

思

2021 年 11 月 19 日

雨打枝头霜叶空,经年无奈总相同。
清愁恰似腮边泪,滴入故园迷梦中。

毛 驴

2021年11月19日

山深方曙天,得得向耕田。
基块拌疲足,闲花惊急鞭。
腹饥迟日久,力尽主人前。
不比牛雄力,但求能可怜。

敦煌瓜州大地之子雕塑抒怀

2021年11月21日

天地孕其身,元存赤子真。
若谋蝇狗利,愧作世间人。
日月堂前镜,乾坤床比邻。
神州留至美,亘古照精神。

同题作长江

2021 年 11 月 22 日

昆仑原不留，万里纵神州。
挽臂山川阔，同心河海流。
春秋横雁影，朝夕打渔舟。
世事无穷已，江涛声未休。

病中观石榴

2021 年 11 月 23 日

自从霜后病愁眠，玉雪未曾来可怜。
庭户石榴羞欲放，错将寒日作春天。

夜　坐

2021年11月24日

明月沉沉茅屋贫，无声萤火点秋身。
微风入户掀双鬓，煮酒灯前一解人。

抒　怀

2021年11月24日

小院闭东墙，开窗引月光。
凭轩歌古调，胸次气扬扬。

药

2021 年 11 月 25 日

经年寒病伤,起火煮浓汤。
药自存甘苦,犹添一味香。

感 念

2021 年 12 月 7 日

为人自有根,群类亦同源。
大道行天外,荷慈恒念恩。

大 雪

2021 年 12 月 8 日

闲推物理意无穷,佳兴与人何不同。
昨日高阳今日雪,风情尽在静观中。

思 亲

2021 年 12 月 8 日

儿时残梦带羹香,咫尺东南是故乡。
庭外牡丹开寂寞,泉边宅舍锁荒凉。
人多力薄三更起,公务身分四季忙。
徒有孝心无报处,相思父母泪双行。

慈 怜

2021 年 12 月 15 日

野草严霜没路桥,庭花清水养天娇。
垂慈怜爱自延寿,莫使卿卿轻折夭。

冬

2021 年 12 月 15 日

纷纷落雪压琼枝,正是围炉夜话时。
华岭峰高松挂早,关川流缓鹭栖迟。
窗花小院穿蝴蝶,宾客华堂对酒卮。
祥瑞丰年今又是,红梅一簇待新诗。

戏赠同学六绝句（男子篇）

2021 年 12 月 15 日

种菜能手王跟世

起早忙昏未得眠，不全为赚万千钱。
番茄欲种西瓜大，销向环球那一边。

杨野先生

无言儿女已成行，风雨长遮老白杨。
忠厚亦能成大事，何须歧路意彷徨。

令勇奇先生

令家山上好儿郎，心境光明向太阳。
商市从来深似海，从身一试又何妨。

杨志旭律师

马店长街小后生，独行英气走金城。
公堂对坐语声振，挥手笑看身后名。

魏树彬先生

枯岭何妨出俊才，半生拼得数千回。
潮头复望来时路，一片红云映日来。

巩永强先生

二毛今复几无毛，心气与天能比高。
国事常忧匹夫力，清歌一曲亦时髦。

服 枕

2021 年 12 月 18 日

数日难过二尺门，隔窗红日落黄昏。
如何解去心头恨，片片流霞滴酒樽。

戏赠同学六绝句（女子篇）

2021 年 12 月 24 日

贾丽芳女士

曾是校花娇美人，乌金乡里梦终身。
当官一任女群主，进退从容犹率真。

田培红老友

童年便与汝交好，及到老来犹不忘。
牛谷河源东逝水，此情能问几多长？

杨旺琴女士

久在闺房不是贫，只因期待意中人。
一朝拜别双亲去，相守边疆三十春。

孙蓉环女士

亭亭秀丽一枝春，岂是贫寒低等身。
同学少年终不嫁，谁知错过有钱人。

杨秀琴女士

校园朝夕伴流年,未冀读书能挣钱。
试问何时得修练,修成仪态一河莲?

孙月桂老友

一笑甜甜别有情,心中底线却分明。
自从儿女双全后,天下大功俱告成。

赠同学王凤娥

2021年12月26日

豆蔻青青带露新,谁知早嫁一门亲。
优柔尽在难中过,自此再无桃面人。

岁暮遣怀

天时催短景,意绪立黄昏。
暧暧冲寒柳,苍苍霁雪村。
钟声连旧岁,客影到新元。
对镜残光里,霜添又几根。

王平履贞女儿女婿新婚志禧及岳丈岳母安泰二首

2021年3月9日

新 人

青青芳草绿天涯,明媚清晖一朵花。
川蜀儿郎好眼力,毅然看中定西丫。

岳丈岳母

牡丹开在景云台,国色天香凭自栽。
泰水泰山盈喜气,乘龙快婿上门来。

三 月

2022年3月9日

微阳残雪覆尘埃,心意迟迟久未开。
唤得劲风三月起,一场生动自南来。

梦里故园

2022年6月22日

平林尽染露华浓,疏落山村带晚风。
庭树呢喃鸟几只,月光佳酿入杯中。

夏　日

2022年7月11日

树影婆娑扫地清,枝间断续鸟空鸣。
草毡随卧晴空望,一片闲云自在行。

帮收麦

2022 年 7 月 24 日

一年翘首麦成黄，六月人家日夜忙。
阵阵清风云逐散，茫茫沃野穗飘香。
银镰下与汗珠落，金浪翻从歌笑扬。
还是少年农把式，耘田依旧不输郎。

壬寅中秋遇疫情

2022 年 9 月 11 日

中秋能得几人还，咫尺天涯几道关。
一夜风帘都未卷，直看圆月落西山。

寄 意

2022 年 10 月 10 日

何必争论短与长,世间真意本平常。
虚堂含静几求满,但把曾时作序章。

疫情居家

2022 年 10 月 15 日

何处得来风月闲,闭门犹觉到深山。
诗书一册读清净,半亩清溪照旧颜。

上南山

2022 年 10 月 17 日

无心携杖到云峰,红叶黄花秋色浓。
三季炎凉淘砺过,山山何处不从容。

独 坐

2022 年 10 月 19 日

旷野无声凉洗尘,穹庐夜下渡参辰。
花间细语滴清露,偶起一丝思故人。

清 露

2022 年 11 月 3 日

繁华已去渐秋深,时有寒螀断续吟。
水洗碧空明似镜,一畦清露养吾心。

题 画

2022 年 11 月 10 日

山中茅屋两三间,溪水蜿蜒绕碧湾。
宾主二人相对坐,汤茶小碗语清闲。

附：

祝贺董惠琴《箭杆岭诗稿》出版
刘秉权

金子总要发光亮，数载笔耕硕果香。
心血铸诗五百首，一字一句一华章。
诗所言志志千里，点点滴滴话故乡。
自古英雄须眉榜，今朝巾帼当不让。

贺董惠琴《箭杆岭诗稿》即将出版
张晓宏

媛才竞秀若幽兰，陇上琼枝李易安。
墨雨笔花频妙语，今诗旧韵著新翰。
清辞丽句工规律，武纬文经辑汇刊。
柽树欲开将付梓，韦编雅集乐骚坛。

韵　心

何红霞

　　董姐姐欲出诗集，这是大好事。能把自己的点滴文字归纳于一起，出版成册，这也曾是我的梦想，不求其他，只求将自己过去生活里的深感顿悟，用铅字打印出来，或许，这就是人生中所谓成就感的一部分吧。

　　董姐姐邀我给她的诗集写几句话，我心中倍感温暖，却也诸多惭愧，惭愧自己何德何能胜任得了董姐姐此般抬爱！

　　初识董姐姐，便有种故人相遇的感觉，她洒脱的个性，爽朗的笑声，精干的外形，自律的生活，都是特别能感染人的。我们因韵而识，由文而知，彼此平时虽极少见面，却是有着很多共同的话题可以隔屏畅聊。

　　看董姐姐的诗作，你很难从中找出华丽的词藻，语言都很平实，可往往唯有这平实，才能真正道出人生的真谛，往往唯有这平实，道出的才是最深入人心底的东西。

　　我很欣慰，自己在写作的时候和董姐姐有着诸多思想上的共识。我总认为，凡诗词章法意义，与人性品格极其相近，能做到雅而不傲，媚而不俗，便是平实之中的非凡了。

　　语不在多，敞心即是情，赋句吟赠，亦简亦是真。

　　古韵新风入酒觥，邻家女子著书成。
　　抑扬顿挫其中意，道尽人间多少情。

西江月·贺董惠琴《箭杆岭诗稿》付梓

　　　　崔淑红

　　压卷诗书古韵，盈头墨迹新词。一方净土赋心痴，几度春秋如是。
　　数载笔耕吾道，一朝文阵人师。裁冰琢玉正当时，幸得梦圆付梓。

（词林正韵／第三部／柳永 体）